「お前となら俺は、地獄に堕ちてもいいよ」

頭を横に傾け、顔を上げない賢吾の頭にぶつける。

「どこに行く時だって、俺のことだけは離さなくていい」

だから、俺にだけはどんなに辛いことも悲しいことも、全部安心して曝け出せ。

「その言葉、忘れねえからな」

「忘れたらぶっ飛ばす。死ぬ時は一緒に連れていけって言っただろ？」

賢吾がようやく顔を上げる。

「恰好悪い俺も好きか？」

「むしろ大好物だな」

何だそりゃ、と賢吾が笑うから、佐知も笑った。

本当に不器用な男だ。でも、そういう賢吾が愛おしい。

極道さんは相思相愛なパパで愛妻家

佐倉 温

24186

角川ルビー文庫

目次

口絵・本文イラスト／桜城やや

閑静な住宅街。その一角にある桁外れに大きな屋敷の門には、『東雲組』と書かれた大きな看板がかけられている。

東雲組はこの町に古くから馴染む極道組織で、銃や薬の密売などをシノギとすることをご法度としており、彼らの縄張り内は他の地域よりかえって治安がいいという側面があるため、地域住民にはある意味警察よりも頼りにされていた。

当代の組長の東雲吾郎は高齢で身体が弱く、息子で若頭の東雲賢吾が実質的に組を率いているが、この地域で育った彼と町の人達の関係の深さもあって、最近ではますます東雲組を頼りにする人達が増えていた。

賢吾は三十を過ぎた男盛りで、見目も良く、頭も切れる。彼と目が合っただけで腰が砕けると噂になるほどのモテっぷりだが、そんな彼には意外に純情なところがあって。幼い頃からの初恋をずっと追いかけ続ける彼の一途さもまた、町の人達が彼を信頼する理由の一つである。

初恋の相手は雨宮佐知。地域にある雨宮医院の三代目で、少し癖のある色素の薄い髪と、常に潤んでいるかのような瞳、目元のそばにあるほくろが印象的なすこぶるつきの美形だ。

賢吾が佐知との初恋を実らせたのは、一年以上前のことである。二人を結びつけるきっかけとなったのは、賢吾が吾郎の隠し子である東雲史を実子として引き取ったことだ。子育てなどしたことがない賢吾に巻き込まれる形で佐知が東雲組で共に生活をするようになったことで、二人の距離は急速に縮まり、過去の誤解も解け、互いに思いを通わせ合うことになった。

だがもちろん、お伽噺のように、めでたしめでたし、で終わるはずもなく、その後も二人の間には色々な問題や事件が立ちはだかる。史の母方の伯父であるジーノ・ビスコンティの来襲、東雲組傘下の佐野原組の組長である佐野原椿とそのお抱え弁護士の犬飼悟の揉め事など。そうしたトラブルを乗り越えている間に史も成長していき、保育園の卒園、小学校への入学など、家族のイベントも次々と待ち受け、東雲組は常に大騒ぎ、賑やかな日々を過ごしている。

そんな賢吾と佐知を支えているのが、伊勢崎晴海である。賢吾と佐知の高校時代からの後輩で、今は若頭補佐として賢吾に仕えている男だ。高校時代から優秀で、将来を嘱望されていたその男もまた、初恋に生きる男で。初恋の相手である小刀祢舞桜を賢吾に助けてもらったことを機に、表の世界を捨てて賢吾と共に極道の世界へと足を踏み入れた。

賢吾と佐知、それから史にとっても、伊勢崎は欠かせない男である。

それはもちろん、東雲組にとっても。

彼らが喧嘩をする時、心が揺らぐ時、手助けが必要な時。伊勢崎がいることは重要な意味を持つ。そんな彼が東雲組からいなくなったら、果たしてどうなるのだろうか。

だが、そういう日はいつか来てしまうものである。残念なことに。

「よ、お疲れ」

仕事が終わり、舞桜と共に待ち合わせ場所の焼き肉店に駆けつけた佐知を出迎えたのは、先に到着していた賢吾と伊勢崎だった。

「待たせてごめん。ちょっと色々手間取って」

待ち合わせの時間を三十分も過ぎている。迎えに行くと言った賢吾に『せっかくだから店で待ち合わせしよう。ダブルデートみたいでいいだろ？』と言ったのは佐知だったのに、そのせいで待ちぼうけを食わせることになってしまった。

「俺がタクシーを手配するのを忘れてしまって――」

「患者さんが多くてそれどころじゃなかったんだから、舞桜は悪くないだろ」

「別にそんなに待ってねえよ。とにかく座れ」

対面で奥の席に座っていた賢吾と伊勢崎の隣に、佐知と舞桜はそれぞれ腰を下ろす。

まだ春ではあるが、最近は暖かさが一気に増した。身体の熱を逃がすために、佐知は仕事用のワイシャツの襟元を少し開いてぱたぱたと風を送る。

慌てて走ってきた佐知の息が上がっているのを見て、テーブルに肘をついてこちらを覗き込んだ賢吾が嬉しそうに破顔した。

「俺に早く会いたくて走ってくるなんて、佐知は可愛いよな」

いつものスーツ姿のはずなのに、憎らしいほど恰好いい。最近余裕が出て落ち着いたせいか、ますます魅力的になったような気がする。ちょっとネクタイが歪んでいるが、そういう隙さえ魅力に変えてしまうのだから困る。

賢吾がこんな風に砕けた笑顔を向ける相手が、世界で俺だけで良かった。誰彼構わずこんな笑顔を見せていたら、きっと賢吾を巡ってあちこちで戦いの火蓋が切られていたはずだ。……なんてことを考えているなんて微塵も表情に出さずに、佐知はぶっきらぼうに返事をする。

「別にそんなんじゃない。約束の時間に間に合わないから走ってきただけに決まってるだろ。自分に都合よく考えるなよ」

汗ばんだ額に張りついた前髪をかき上げてくる賢吾の手を邪険に払うと、賢吾は残念そうにするどころか、今度は声を上げて笑った。

「電話一本寄越せば済む話だろ？　そもそもお前、昔は俺を平気で待たせてたじゃねえか」

「う……っ」

賢吾に早く会いたいと思って走ってきたつもりはなかったが、そう言われてしまうと自分の無意識の行動が恥ずかしくなる。

付き合う以前の自分なら賢吾を後回しにするのは当たり前で、そのことを悪いとも思わなかった。……まあ、そもそも賢吾が無理やりに取りつけてきた約束であることがほとんどだったからだが、それはともかくとして。

あの頃の佐知が、将来の自分は必死に走って賢吾との約束に駆けつけるんだぞと言われても、つまらない妄想だと鼻で笑ったことだろう。

「何だよ」

隣からの視線がうるさくて睨みつければ、賢吾は「素直じゃない佐知も可愛いぞ」と指で額をつんと突いてくる。

何だその余裕顔、むかつく。

だけど、こんなに可愛げの欠片もなくつんけんしている佐知をこうして面白がって愛してくれる男なんて、きっとこの世で賢吾だけだ。

「ばーか」

額を指で突き返せば、賢吾はやられっぱなしで「痛えだろ」と目元を綻ばせる。

本当に、こんな俺のどこがいいんだか。分からないなあと賢吾を見つめたら、「ん？」と首を傾げてくるのが可愛い。

……可愛いって何だ。俺も大分毒されてる。どこからどう見たって厳つい男を摑まえて、可愛いってどういうことだ。でもどう見たって可愛いんだから仕方ない。

「何だよ佐知、そんなに見つめて。俺の恰好よさに惚れ直したか？」

「いや、何でお前ってそんなに可愛いのかなと思って」

「はあ?」

あ、耳が赤くなった。やっぱり可愛いな。

照れる賢吾に佐知が思わずにやつくと、伊勢崎が呆れた調子で割って入ってくる。

「あの、いちゃつくのは後にしてもらっていいですか? とりあえず、舞桜に早く何か飲ませてやりたいので」

しまった。一瞬、本気で伊勢崎と舞桜の存在を忘れていた。賢吾と付き合い始めるまではこんなことはなかった……と思ったがそうでもない。

よく口喧嘩していた頃も、周りの存在をすっかり忘れてしまうことはあった。自覚がなかっただけで、賢吾といると周囲がおろそかになるのは昔かららしい。昔から賢吾のことばかり見てたってことか? 何だそれ、恥ずかしすぎる。

「晴海さん、俺は大丈夫ですよ。それに俺、お二人がこうして仲良くしているのを見るのが好きですし」

気にせず続けてください。そう言ってにこにこ無邪気に笑われて、気にせず続けられる無神経な人間がいるだろうか。

「ほら佐知、気にするなってよ。せっかくだからもうちょっといちゃつこうぜ」

そうだ、ここにいるんだった。

「いててっ、何すんだよ」

無神経の塊の頬を抓って文句を聞き流し、佐知は「さて」と仕切り直すことにする。

今日は久しぶりの呑み会だ。賢吾は佐知が自分以外と呑みに行くのにあまりいい顔はしないが、相手が舞桜や伊勢崎ならぎりぎり……ぶつぶつ文句は言うけれど、行かせてはくれる。だがここのところはそんな暇がなかったり気分でもなかったりで、外で呑むことはほとんど無くなっていた。

「まず、飲み物を頼もうか」

「とりあえず、全員ビールでいいな」

賢吾がそう決めて、テーブルに置かれたタブレットで注文する。

「よし。……で、何を食う？　お前はとりあえずキムチも頼むだろ？」

佐知の好みを知り尽くした賢吾が、どんどん注文を入れていく。

「ほら、二人も。今日は賢吾の奢りだから、値段は気にせず好きなだけ食べよう」

美味しいがそれに見合ったお値段の焼き肉店ではあるが、店内の作りが普通であるところが気に入っている。あまり見た目からして高級そうな店では何となく寛いだ気分になれないのは、佐知が庶民だからなのだろうか。

賢吾もそれを知っているから、東雲家が焼き肉を食べる時はもっぱらこの店である。

今日は吾郎と京香のいる本宅で留守番をしている史も大好きな店だから、本宅に迎えに行く前に風呂に入って着替えて、焼き肉の匂いを消しておかなければならない。置いていかれたなんて知ったら、きっと盛大に頰を膨らませて三日は口を利いてくれなくなる。

「当たり前に若の財布を当てにするようになりましたよね、佐知さん」

伊勢崎のいやみに、佐知は肩を竦めて軽く答えた。

「賢吾のものは俺のものだから、気にするなよ」

賢吾とこういう関係になった最初の頃は、対等でなければならないと肩肘を張っていたこともあったが、今ではそういう気持ちはまるでなくなった。

もちろん賢吾の稼ぎを当てにして生きているつもりはないが、こういう時は賢吾が払うほうが、舞桜の遠慮も少なくて済むだろう。……伊勢崎はそもそも遠慮など微塵もしないだろうけど。

幼い頃からずっと一緒で、互いのことなど知り尽くしていると思っていた。だけど二人の関係が幼馴染みから恋人に変わって、家族になって。そうしたら全部知っていると思っていた賢吾の新しい部分が見えてきたり、自分の言動すら変わってしまったりするから不思議だ。

以前は賢吾が佐知のことなら何でも知っているみたいな顔をすることに腹を立てていたのに、今では賢吾がそうして佐知のことを何でも理解してくれていることに安心する。

絶対に賢吾の世話になんかなってたまるかと思っていたはずが、現在は持ちつ持たれつ、俺だって賢吾の世話をしているのだから、賢吾が佐知の世話を焼くのだって普通だと思うようになった。

どちらか一方だけではない。お互いがお互いを愛していて、だからこそ相手のために何かしたいし疲れた時は甘えたい。

それが当たり前になっていくのも家族なのだ、と最近では思っている。

「でも、佐知さんのものは佐知さんだけのものなんでしょう?」

「当然だろ」

伊勢崎の問いに佐知が胸を張ると、「まったく」と呆れ顔をした伊勢崎は、佐知ではなく賢吾に視線を向けた。

「いいんですか、若。こんな横暴を許して」

「可愛いだろ?」

「…………」

にやりと笑う賢吾を見て、伊勢崎がわざとらしくため息を吐く。バカップルが、という伊勢崎の心の声が聞こえた気がしたが、佐知は視線を逸らして知らんふりした。馬鹿なのは賢吾だけで、俺は何も言ってないし。

「つける薬がないとはこのことですよ」

その言葉を聞いた舞桜が、ぷっと噴き出した。

「ふふ、皆さん、仲がいいですよねえ」

「何を言っているんだ、舞桜」

「そうだぞ舞桜、何を他人事(ひとごと)みたいに。舞桜だって仲がいいに決まってるだろ」

そこじゃありませんよ、とぼやく伊勢崎を無視し、佐知は舞桜に言い聞かせる。

「もちろん、伊勢崎なんかより舞桜のほうが百倍可愛(かわい)いからな。俺はいつだって舞桜の一番の味方だから、伊勢崎のことが嫌(いや)になったら、真っ先に俺に言うんだぞ」

伊勢崎とは学生時代からの付き合いだが、何かあった時は舞桜の味方をすると佐知は決めている。

舞桜は生まれた環境(かんきょう)が特殊(とくしゅ)で、世の中の常識から少しズレた感覚を持っている。劣悪(れつあく)な環境から自分を連れ出してくれた伊勢崎と賢吾、特に伊勢崎のことを妄信(もうしん)しているところがあるので、いいように言いくるめられたりしないように目を光らせておかなければならない。

舞桜と一緒にいればいるほど、伊勢崎が舞桜のことを好きになるのは当然だと分かるが、舞桜のほうはといえば、最初はほとんど雛鳥(ひなどり)が親鳥を見てついていくような感覚だったのだと思う。

そんな舞桜に伊勢崎に対する恋愛(れんあい)感情が芽生え、伊勢崎にとっては僥倖(ぎょうこう)なことに思いが通じ合って二人がお付き合いを始めたことは喜ばしいことだが、舞桜の気持ちが追いつかないうちに伊勢崎が先走るようなことがあったら殴(なぐ)ってでも止めるのが、佐知の役目だ。

もちろん、伊勢崎のことも大事だと思っているからである。二人の今後のためにも、歩調を合わせるというのはとても大事なことだと思うのだ。

「伊勢崎の言うことが間違ってる時だって山ほどあるんだからな。ちょっとでもおかしいと思ったら、すぐに俺に言ってくれ。そしたら賢吾が伊勢崎を殴るから」

「何でいつもそこで俺を持ち出すんだよ」

「俺が食い殺されたらどうするんだよ。心配するな、賢吾。もしもの時はちゃんと骨を拾ってやるから」

真正面から伊勢崎と対峙したって、佐知に勝機はまるでない。よろしくな、と賢吾の肩に肩をぶつけて、先に店員が運んでくれていたらしい賢吾のミネラルウォーターを勝手にぐびりと飲んだ。ああ、美味い。

「人のことを狂犬か魔獣みたいに言うのはやめてください」

「何言ってるんだ、謙遜するなよ。お前は魔王かラスボスだよ」

「……分かりました、佐知さん。そんなに喧嘩を売りたいなら、喜んで買いましょう」

伊勢崎がにっこりとした表情を浮かべるのを見て、思わず佐知の背筋が伸びる。普段から表面上は穏やかで負の感情を顔に浮かべることがない伊勢崎だが、こういう笑顔を見せる時は怒っている時であると、長い付き合いで熟知している。

何だかんだ伊勢崎が佐知に甘いことを知っているが、伊勢崎はそれ以上に舞桜に関することになると心が狭い。

つい先日などは、舞桜が『晴海さんにネクタイをプレゼントしたんですが、使ってくれないんです』と言ったので、ほんの軽い冗談のつもりで『浮気でもしてるんじゃないのか』と返したら、翌日には伊勢崎にバレて報復された。伊勢崎に連絡するたびに『今は浮気で忙しいので』と電話を切られ、二日で音を上げて許してくれと縋りついたのは記憶に新しい。

後輩であったことも手伝ってか、賢吾より伊勢崎のほうが頼みやすいこともある。賢吾と連絡が取れないより、伊勢崎と連絡が取れないことのほうが百倍困る。あんな目に遭うのは二度とごめんだ。

「おい賢吾、助けろ」

「獅子は我が子を谷底に突き落とすって言うだろ?」

「俺はお前の子じゃない」

「じゃあ、可愛い佐知を谷底に突き落とす」

「何でだよ、助けろよそこは。お前の可愛い俺がピンチなんだぞ?」

「甘やかしすぎたせいか、俺の可愛い佐知は平気で危ねえことに首を突っ込むからな。ここらで世の中には怖えもんもあるってことを知っとくのもいいことだ」

そんなことはない、と言えたらいいが、残念ながら心当たりがいくつもある。佐知が少しぐらい無茶をしても、きっと賢吾が何とかしてくれる。そういう賢吾に対する信頼があってこそだが、賢吾からしてみればたまったものではないだろう。自分が賢吾の立場だったら、心配をかけるなとぶん殴っているだろうし。

「獅子の許可も得たことですし、存分に怖いものを教えてあげてもいいんですよ？」

伊勢崎が非情に……いや、非常にいい顔で佐知に笑いかけてくる。

「いえ、あの、大丈夫です」

「やり直し」

「えっと……申し訳ありません」

「以後、気を付けるように」

「はい」

おかしい。俺、先輩なのに。

「悪いことをした時に謝罪するのに、先輩も後輩もありませんよ」

「心を読むのは禁止！」

佐知が伊勢崎に指を向けようとしたところで、「お待たせしました」と店員が生ビールの入ったジョッキを四つ、テーブルに置いて去っていく。行き場を失った手を誤魔化すようにジョッキを持つと、他の全員がそれに倣ったので、佐知はこほんと咳払いをして気を取り直した。

「とにかく！　今日は久しぶりに親交を深めようということで——」

「そうですか？　宣戦布告でもされているのかと思いましたが」

「はは、伊勢崎の悪口を言う会ってのも悪くねえな」

「若に対する不平不満なら山ほどあるので、受けて立ちますよ？」

「俺に矛先を向けるな」

賢吾が嫌そうに顔を顰めるが、常日頃の悪行を考えれば、伊勢崎の不平不満は確かに山ほどあるだろう。

賢吾ときたら、伊勢崎の目を盗んで仕事場から抜け出すなんて日常茶飯事で、突然予定を変えさせたり、伊勢崎に仕事を押しつけたりもする。信頼ゆえだろうが、伊勢崎からすればたまったものではないだろう。あれ？　似たようなことをさっきも思った気がするな。気のせいかな？

「賢吾は伊勢崎の愚痴を聞く義務があると思うぞ」

「他人事みたいに言うじゃないですか、佐知さん。まるで自分が迷惑をかけていないみたいな口ぶりですねえ」

「や、やだなあ伊勢崎くん、もちろん分かってるよ？　分かってるって、はは、ははは」

「そうですよねえ、これまでかけられてきた迷惑を、たかが焼き肉程度でチャラにしようだなんて、まさか思っていませんよねえ」

「……」

ぐ。痛いところは突いてこなくていいんだよ。

仕事が忙しくなった賢吾と二人で過ごす時間が無くなり、寂しさから不安定になった佐知が伊勢崎に嫉妬して迷惑をかけたのはついこの間のことである。今日のこの呑み会には、それに対するお詫びの意味もあった。

「と、とにかく乾杯！」

佐知がほとんどやけっぱちにジョッキを掲げると、舞桜がくすくす笑いながら同じくジョッキを掲げて「乾杯！」と言ってくれた。

仕方がないなという顔をしながら伊勢崎もそれに合わせ、賢吾もこつんと佐知のジョッキにジョッキを合わせてきて。そうこうしている間に頼んでいたサラダやキムチも次々に運ばれてきて、賑やかな呑み会が始まったのである。

「ぷはっ！　やっぱり、仕事終わりのビールは最高だな！」

きんきんに冷えたビールが喉を通り過ぎていくのを感じる瞬間は格別だ。毎日呑まなくてはいられないほどではないが、人生にはこういう時間も必要である。

「考えてみたら、この四人だけでご飯を食べるっていうのも久々だなあ」

「いつもは碧斗や史くんも一緒ですからね」

佐知と賢吾が家族になる前は四人で食事などあり得なかったし、家族になって以後は子供達優先で、四人だけで食事をしたことは数えるほどしかない。だが、史と碧斗も小学生になり、交友関係が広がったり、学校行事があったりで、離れている時間も増えていく。これからは少しずつこういう時間も増えていくのかもしれない。

「伊勢崎がいねえことも多いしな」

「誰のせいだと？」

「誰だ？」

「賢吾」

「賢吾さん」

「若に決まっています」

佐知と舞桜と伊勢崎が口を揃えると、ビールをぐっと呑み干した賢吾が笑って「裏切るなよ、佐知」と肩をぶつけてきた。

「お前がいつも伊勢崎に迷惑かけてるのはほんとだろ？」

賢吾は仕事もできるし行動力もあるが、そういう男に仕える人間は本当に大変だろう。電話一本であれこれこき使われている伊勢崎の現状を知っているだけに、佐知も同情的な気持ちになる。自分も人のことは言えないが、それはさておき。

「もっと言ってやってください、佐知さん。特に休日の確保の件など」

「まあ、それは置いといて」

「おいこら、ぶっ飛ばしますよ先輩」

後輩の口調で声を低める伊勢崎には悪いが、東雲組には伊勢崎が必要だ。伊勢崎が気軽に休むようになれば、東雲組がパニックに陥るのは想像に難くない。

「休ませてねえみたいに言うなよ。ちゃんと休みをやってるだろ？」

「若、半日の休みを繰り返すことを、ちゃんと休みをやってる、とは言わないんですよ？」

どうやら、休みがなかなか取れないことに対する伊勢崎の不満が溜まっているらしい。

まあ、それは当然か。休みが取れないということは、舞桜と一緒にゆっくり過ごす時間が取れないということでもある。伊勢崎にとっては死活問題だ。

「こちら、厚切りの特上タンと特上ロースです。ご飯もすぐにお持ちしますね」

店員がテーブルに皿を置くのを待って、舞桜が特上タンを焼き始める。香ばしい匂いに鼻を擽られると、一気にお腹が空いてきた。

「ほら、今日は仕事を持ち込むのはなし！　早く肉を食べよう、肉！」

それに、本気で伊勢崎がこの状況を何とかしたいと思っていたら、もうとっくに何とかされているはずなのだ。伊勢崎とはそういう男である。

文句を言いながらもこの状況に甘んじているのは、伊勢崎自身が賢吾にこき使われることが嫌いではないからだ。それを指摘したら照れ隠しにどんな報復をされるか分からないので、賢明な佐知は黙っているけれど。

休みが欲しいのは本当だろうが、賢吾の世話を誰かに譲りたくもない。伊勢崎の複雑な心境が、佐知には分かる。佐知だって少しぐらい家事を休んで楽をしたいなと思うが、だからといって誰かにその役目を譲るのは嫌だ。

きっと賢吾も分かっているだろう。本当に相手が嫌がることはしない男だ。……賢吾と伊勢崎が分かり合っていると思うと、少しばかりいらっとする。これだから嫉妬ってやつは。

「……さっきの話ですけど」

気持ちを変えようと佐知がぐびりと生ビールを呑んだところで、テーブルに置いたジョッキを両手で包み込むように持った舞桜が、視線を下に落として言った。

「確かに四人ではあまりご飯を食べに行けないですけど、碧斗や史くんも一緒にわいわい騒いでご飯を食べるの、俺はすごく好きです」

「舞桜……」

舞桜は家族との縁が薄い。一緒に暮らしている碧斗とキヌとは血の繋がりがなく、実の母親とはすでに縁を切っていた。母の実家に身を寄せていた頃は物置に一人押し込められ、肩身の狭い暮らしをしていたと聞いている。

伊勢崎に頼まれた賢吾がその家から舞桜を助け出した時、舞桜は十六歳だった。……にもかかわらず、読み書きもできず、言葉も覚束なくて。やせっぽちでぼろぼろの身体は、とてもではないが年齢に相応しくないものだったらしい。今の舞桜からは、まったく想像ができないけれど。

そんな舞桜にとって、皆でわいわいと騒ぐ時間は新鮮で楽しいものなのだろう。あの伊勢崎がどう声をかけたものかと考えあぐねている様子を見て、佐知は空気を変えるために「よかったよ」とわざとらしく安堵の表情を見せた。

「そっちの話でさ」

「え？」

「いや、てっきり伊勢崎に休みをやって欲しいって言うのかなって思って。舞桜にそう言われたら、さすがの賢吾も伊勢崎に休みをやらなきゃいけなくなるなって身構えたんだけど」

心得たように賢吾が佐知に続く。

「はは、伊勢崎、残念だったな。舞桜は別にお前の休みはどうでもいいってよ」

舞桜としては素直な気持ちが言葉として出ただけで、重く受け止めてもらいたい訳ではないはずだ。心の中では舞桜の幸せのためにもこれからますます子供達と一緒にわいわい過ごすぞと決意しつつも、ここはさらりと受け流す。

自分の言葉で空気が変わったことに気づいたら、舞桜はすぐにすみませんと言うだろう。そんな言葉は必要ない。

「え？　あれ？　だって、お休みがないのは晴海さんが賢吾さんのことを好きだからですよね？　それに俺は晴海さんの帰ってくる家にいられるだけでも充分に幸せですし」

舞桜さん、それは口に出さないであげて。伊勢崎が隣で今にも憤死しそうな顔をしてるのに気づいてあげて。

「駄目だ駄目だ。舞桜、お前の幸せは小せえ。もっと欲張りにならねえと、伊勢崎も尽くし甲斐がねえだろ？」

「尽くし甲斐、ですか？」

「いいか、舞桜。こいつはお前に尽くしたくて尽くしたくてたまんねえんだから、もっと我が儘言って振り回してやらねえと駄目だ」

「若」

「我が儘を言って振り回す……ああ、佐知さんみたいにってことですね！」

待って。舞桜ってば、俺のことをそんな風に思ってたのか？　我が儘を言って賢吾を振り回してるって？……まあ、よく考えたら否定できないけど。

「そうだ。佐知を見てみろ、俺に余所見する暇を与えねえぐらいに我が儘放題し放題してるだろ？」

おい待て、言いたい放題か。

「でも俺にできるかどうか……」

「舞桜、若の口車に乗せられなくていい。君は君のままでいてくれればいいんだ。間違っても佐知さんを見習うなんてことはしなくていい」

おいこら、そこ、本気で嫌そうな顔をして言うな。

黙っていれば、全員ひどい言い草である。一人ぐらい、佐知の味方をする人間がいてもよさそうなものなのに。

「おいこら伊勢崎、うちの佐知に何か文句あんのか？　俺が自分の言うことを聞くのが当たり前って顔で我が儘言う時の佐知は最高じゃねえか。この可愛さが分からねえなんて信じられねえやつだな」

援護射撃なのか、それとも後ろから撃たれているのか微妙である。この会話を続けていても損しかしない。さっさと切り上げて別の話をしようと佐知が口を開きかけた時、「あら」と弾むような声が聞こえてきた。

「聞いたことがある声だと思ったら、やっぱり賢吾さんじゃない」

声に反応して顔を上げると、佐知達の座る半個室の入口から女性がひょいと顔を覗かせていた。隣には身なりのよい壮年の男性が立っていて、どうやら連れがいるようだったが、女性は立ち止まったままにこりとこちらに微笑みかけてきた。

「ここによく来るらしいとは聞いていたけど、本当に会えるなんてラッキーね」

「……あんたか」

一応反応はしたものの、賢吾の対応は素っ気ない。賢吾が素っ気ないだけならいつものことだが、伊勢崎がちらりと一瞬こちらに視線を向けたのを、佐知は見逃さなかった。

「こんばんは、石井様。先日はお時間を作っていただき、ありがとうございました」

席を立って挨拶しようとする伊勢崎を手で制し、石井と呼ばれた女性は「三日ぶりね」と声をかける。

「賢吾さんが忙しいと聞いたからあなたとの会談の時間を設けたんだけど、こんな風に二人仲良くお食事する時間があるなら、私との時間に充ててもらいたかったわね」

会談という言葉から、賢吾の仕事相手だということは分かった。強気な態度を見る限り、立場は対等か、もしかしたらそれ以上なのかもしれない。

「申し訳ございません。ですが、今夜はプライベートなもので」

「あら、二人はプライベートでも一緒なの？　仕事でもプライベートでも一緒だなんて、息が詰まりそう。しかも男ばかりだなんて華がないわ。誘ってくれればよかったのに」

「あんたも連れがいるようだが」

賢吾が口を開くと、石井は嬉しそうに表情を綻ばせる。

「ええ、そうなの。でも、賢吾さんのためならいくらでも時間を空けたわよ？」

少し首を傾げる仕草が色っぽい。さらりと長い髪が揺れて、桃色に塗られた唇がやんわりと微笑み、組まれた腕によって豊満な胸が強調された。きっちりしたスーツはビジネス的ではあるけれど、スタイルの良さを強調するタイトな曲線は見事に彼女を惹き立てている。

完璧に計算された美。その視線に含まれる獰猛さにぞくりとした。まるで狩りをする時の肉食獣みたいだ。今にも舌舐めずりしそうなほどに。

どういう関係かは知らないが、その言い草は隣にいる男性にも失礼ではないのか。そういうことを考えるとすぐに顔に出てしまう自覚はあるので、佐知は誤魔化すためにぐびりとビールを呑んだ。

　これはあれだ。どう考えてもあれだ。

「ここで会えたのも何かの縁よね。この後二人で呑みに行くのはどうかしら？」

　佐知自身は昔からモテた例しがないので、こんな風に誰かに誘いをかけられたことはないが、賢吾が女性に声をかけられるのは山ほど見てきた。

　あからさまな秋波。いくら賢吾が佐知と史以外の他人にあまり興味がないと言っても、ここまであからさまに誘いをかけられて、気がついていないはずはないだろう。その証拠に、賢吾の手が佐知の膝に触れた。

「悪いが、こっちは今来たばかりだ」

「あら、だったら終わるまで近くで待ちましょうか？」

　女性の視線がこちらに向いて、佐知と目が合うと笑みが深くなった。さっさと切り上げて帰れと圧をかけられているらしい。

　少し前の佐知なら、腹を立てて席を立つか賢吾を睨んだところだが、今の佐知はそうではない。

　賢吾、この野郎、言い寄られてるなんて聞いてないぞ。あれか？　いちいち報告する気もないほど、日常茶飯事に色んな女性に言い寄られてるってか？　ふざけんな、俺に隠し事をするなんていい度胸だ。

「もしかして俺達、お邪魔かな？」

肘をつき、佐知はにっこりと賢吾に笑いかける。

佐知としては腹の中で煮え滾る怒りを抑えて極めて友好的に微笑んだつもりだったが、賢吾は佐知のその表情にひくりと頬を引き攣らせ、伊勢崎は小さくため息を吐いた。舞桜だけは何故か、口元に手を当ててわくわくした目で佐知と女性を交互に見ていたけれど。

「晴海さん、これが本当の修羅場ってやつですね。勉強になります」

「舞桜、君には縁のないことだから学ぶ必要はない」

小声ではあるものの、舞桜と伊勢崎の会話がしっかり耳に届く。伊勢崎のやつめ、もしお前に修羅場が訪れた時は覚えておけよ。ここぞとばかりに引っ掻き回してやるからな。

心の中で密かに伊勢崎に復讐を誓いながらも、佐知の視線は賢吾に固定されたままだ。

佐知だって大人である。この女性が賢吾の仕事にとって大事な相手で、機嫌を損ねてはならないということなら、今は黙って引いてやってもいい。あくまでも、今は、だが。

仕事の邪魔をするつもりはないのだ。帰ったら引っぱたくけど。

仕事だから、綺麗な女性と仕事をすることはもちろんあるだろう。そのことには怒っていない。怒る権利もない。だが、実際にこうして目の前でやり取りを見せられれば腹が立つ。よって、賢吾には佐知のこの怒りを受け止める義務がある。うん、間違いない。

こんなに綺麗でぐいぐいくるタイプの女性に言い寄られてたなんて、俺は聞いてないからな。

これは絶対あれだろ、近くにいたらしな垂れかかられてるし、隣を歩けば腕を組まれてたんだろ。すぐ振り払ったからって許されると思うなよ。

佐知の笑顔の中に潜む嫉妬という名の八つ当たりを正しく受け止めた賢吾は、引き攣る頬を何とか堪えて真顔を維持しつつ言った。

「馬鹿言うな、お前以外に優先するもんなんかねえよ」

お前、今にも笑い出しそうなの、バレてるからな？

佐知がこんなに腹を立てているというのに、この男ときたら佐知が嫉妬していることに喜んで笑い出しそうになるのを堪えているのだ。むかつく。

「別に俺は、このままここで解散でもいいぞ？」

しおらしい言葉を言ったつもりなのに、何故か舞桜が堪え切れないようにくふっと息を漏らした。おい舞桜、ここ笑うとこじゃないから。

「どなたか知らないけど、そうしてくれると助かるわ。ねえ賢吾さん、誘致の件で話したいこともあるし。ああ、そうだ。今日は叔父と食事に来ていたんだけど、あのタイタングループの代表をしているのよ。賢吾さんさえよければ、この機会に紹介するわ」

タイタングループと言えば、世事に疎い佐知でも知っている大手企業だ。スーパーやコンビニ、百貨店、飲食業などを手広く手掛けており、誰もが一度はお世話になったことがあるといっても決して過言ではない。

石井が振り向くと、背後に立っていた男性が苦笑を見せた。どう見ても極道である賢吾とお近づきにはなりたくないだろうから、姪の突然の提案に困惑しているのかもしれない。

だが、賢吾にしてみれば確かに良い機会なのだろう。やはりここは自分が引くべきだ。そう決めて佐知が口を開くより先に、賢吾がきっぱりと「断る」と口にした。

「ちょっと賢吾さん、あなた本気で言っているの？　こんな機会を逃すなんて信じられない。私はあなたの才覚を買っているのよ、がっかりさせないで」

「俺には優先順位がある。それの一番が家族だ。仕事はもっとずっと後ろなもんでな。別にそれであんたにがっかりされようが、俺の知ったことじゃねえな」

「……組は家族だなんて、随分古臭いのね。そんなちっぽけなもののためにチャンスを棒に振るつもり？」

「確かに組も家族だ。しかも今ここにいるのは、その中でもとびきり大事な家族でね。こいつより優先するものなんて、俺には何一つねえな」

「賢吾」

賢吾にしては言葉を選んでいるから、それなりに大きな仕事の相手のはずだ。やめろと止めようとする佐知を遮って、賢吾は佐知の手を取ってちゅっと甲にくちづける。

「……っ！　まさか、その人があなたの大事な人だと？」

「ああ。俺には大事なやつがいるってのは、あんたにも何度も言ってたと思うが」

「どれほどあなたの役に立つ女なのかと思っていたけど、男だとは思わなかったわ。確かに綺麗な顔をしているけど、その人は私ほどあなたの役に立てるのかしら」

石井の言葉に、思わず苦笑しそうになった。役に立つか立たないかで言えば、佐知はほとんど役に立たない。

食事を作ったり洗濯をしたり、家事を請け負ってはいるが、本来は佐知がやらなくても他にやる者はいくらでもいる。ただ佐知が賢吾と史のためにやりたくてやっているだけだ。

賢吾が損得だけでそばにいる人間を選ぶなら、真っ先に切り捨てられるのが佐知のはずだ。むしろ賢吾に一番面倒を持ち込むのが佐知である。

「勘違いしてるようだから言っておくが、佐知が役に立つか立たないかは、俺にとって重要なことじゃねえ。佐知は俺にとって、生きるために必要なもんだ。佐知が佐知として俺のそばにいてくれるから俺がいる。それだけだ」

「あなた、そういうタイプじゃないと思っていたけど」

「だとしたら、見込み違いだな」

「その人より私との時間を選ばないなら、今回の件から手を引くと言っても？」

まずいな、と思った。こんな風に言われたら、たとえ重要な仕事の相手であったとしても賢吾は佐知を選んでしまう。それもおそらく、ひどく冷たい物言いで。

賢吾の性格を知り尽くした佐知ははらはらしたが、この場にはもう一人、賢吾の性格を熟知している男がいて、石井のその言葉に答えたのはその男だった。

「我々よりもよいパートナーを見つけられるとおっしゃるなら、どうぞご自由に」

伊勢崎である。それまで下手に出ていたのが嘘のように、笑顔で石井にそう言ってのけたのだ。

「……っ」

手のひらを返したような伊勢崎の様子に、石井が息を呑む。石井を見る伊勢崎の目がすっと細められたのを見て、佐知の肩から力が抜けた。

やだやだ、ここでも狩りか。石井が恋の狩人なら、伊勢崎は一撃必殺の仕事人といったところだろうか。何にせよ、伊勢崎に任せていれば大丈夫だ。あいつがああいう顔をする時は、勝算がある時なのだから。

伊勢崎との付き合いもすでに十数年経ち、賢吾ほどではないにしろ、行動が理解できることがよくある。佐知の予想を裏付けるように、伊勢崎が勿体ぶった調子で続けた。

「ですが、残念ですね。先日石井様からご要望があったイタリアのメーカーから、出店に協力してもいいと連絡をもらったところだったのですが」

「何ですって？　あの石頭を口説き落としたの？」

「少し伝手がありまして。直接本人にコンタクトを取ってもらったところ、了承していただけました」

イタリアのメーカー、という言葉に引っかかるものがあった。そういえばつい昨日、ジーノから『お前のところの補佐は人使いが荒い』と電話で愚痴を聞かされたのだ。

「…………」

石井が悔しそうに口元を歪めた。出した拳を引っ込めるのは難しい。プライドの高い人間なら尚更だ。だが伊勢崎という男は、アフターフォローも完璧である。

「我々としましても、このまま話を進めていただけるとありがたいのですが」

「……詳細次第ね」

「承知しております。明日の朝には書類をお届けいたしますよ」

伊勢崎が下手に出たことで、石井は「仕方がないわね」と矛を収めた。相手に逃げ道を用意して、自分の思う通りに誘導する。さすが伊勢崎、見事だ。

「賢吾さん」

「何だ」

「みっともないところを見せてごめんなさい。あなた達の手腕には一目置いてるの。これからも末永いお付き合いを期待するわ」

「ああ」

「あなたも」

石井は佐知に向かって声をかけ、小さく肩を竦める。

「こんなに有能な人が仕事よりあなたを選ぶなんて、愛されていて羨ましいわ」

「いや、えーっと、はい」

面と向かって、愛されていて羨ましい、なんて言われて、何だか気恥ずかしくなってしまう。

だが、そんな照れ臭さはすぐに吹き飛んだ。

「ますます好きになっちゃった」

「え？」

「あー、もう今日は呑んじゃう！　叔父様、ごめんなさい！　私、今から呑みに行くからここでお別れにして！　賢吾さんもまたね！　次はもっと素敵な場所で会いましょう？」

言いたいことだけ言って、石井は足早に去っていく。

「ちょ、ちょっと！」

今、聞き捨てならないことを聞いた。ますます好きになっちゃった？　あの人、全然諦める気なんてないんじゃないの!?

「おい！」

思わず賢吾の胸倉を摑んだら、「俺にどうしろってんだよ」と苦笑された。

「お前が！　魅力的すぎるのが悪いんだからな！　こうなったらダサくしよう。そうだ、こんなスーツなんか着てるから悪い。もっとダサいTシャツとか着せて……いや、駄目だ、それぐらいじゃ駄目だ。よし、いっそ太らせて……いや、医者として不摂生は許せん」

「おーい、戻ってこーい」

畜生。賢吾が恰好いいばっかりに。賢吾の胸倉を摑んでぐらぐら揺らしながら怒りをぶつけていると、くく、と低く笑う声が聞こえて、まだそこに人が残っていることにようやく気づいた。

「ああ、すまないね。馬鹿にしたつもりはないんだ、君達があまりに楽しそうだったものだから」

そう言ったのは、石井に『叔父様』と言われていた壮年の男性だった。実は最初に見かけてから密かに気になっていたのだが、グレーカラーのストライプが入った光沢のあるスーツに身を包んだ姿は渋い。とても渋い。吾郎とはまた違ったタイプの渋いおじ様である。

「おい、見惚れてんじゃねえぞ。お前、妙におっさんに弱えからな」

「変な言い方するな。同じ男として、ああなりたいって憧れがあるだけだ」

「お前があんな風になるのは無理だ。お前は一生可愛い」

「黙ってろ」

無理とか言うな。俺だってもう少し年を重ねれば、それなりに貫禄が出て渋い男になる可能性はある。

「無理だって」

「うるさい」

たとえ賢吾であろうとも、俺の希望を否定するやつは許さん。佐知が賢吾の頬を摘まんだところで、男が胸ポケットから名刺を取り出した。

「え……？」

「私は栄と言います。先ほどは姪が迷惑をかけてすまなかったね。姉の子なんだが、少しばかり我が強くてね。言い出したらきかない子だからどうなることかと思ったが、君が上手く誘導してくれたお陰で助かったよ」

栄が名刺を差し出した相手は、賢吾ではなく伊勢崎だった。一瞬だけ戸惑った顔をしたものの、伊勢崎はすぐに立ち上がって「頂戴いたします」と名刺を受け取る。

「できれば、君の名刺もいただけないかな？」

「……では、こちらを」

伊勢崎が差し出したのは個人の名刺だ。ただ名前と携帯番号とメールアドレスが書かれただけのシンプルなもので、それ用のスマートフォンを持っていることを知っている。

「伊勢崎くん、か。いい名前だね」

「ありがとうございます」

「役職が書いていないようだが」

「東雲組で、若頭補佐をさせていただいております」

それを聞いて、栄がふむと考える仕草をした。

「不躾で申し訳ないが、その仕事ではどれぐらい稼げるんだい？」

「へ？」

つい声を出してしまって、佐知は慌てて口を押さえる。だって本当に不躾だったから。しかも、栄の失礼はそれに留まらず。

「それとも、何か前科があって表では職に就けないのかい？」

伊勢崎のことを馬鹿にしているのか。佐知はとっさに口を挟もうとした。だが、視線だけで伊勢崎に制される。

「前科はありません。若との縁があって、東雲組でお世話になっているだけですので」

「なるほど。だったら問題は何もないね。今の仕事の倍の給与を出すから、私のところへ来ないかい？」

あまりに失礼が過ぎるようなら、いくら大企業の代表だろうと黙っていられない、と構えていた佐知は、一瞬自分の聞き間違いかと思った。

だって、え？　私のところへ来ないかい？　それって、それって……。

「ええええええええええええええ!?」

「佐知、うるせえぞ」

あまりの驚きに腹の底から叫んだ佐知の口を、今度は賢吾が押さえてくる。佐知はそれをすぐ振り払って、「だって！」と賢吾に訴えた。

「分かってるのか⁉　あの人、伊勢崎を引き抜こうとしてるんだぞ⁉」

　うちの大事な伊勢崎を！　俺達の目の前で！

「佐知さん、うるさいですよ。恥ずかしいからおとなしくしてください」

　佐知としては信じられない気持ちなのに、伊勢崎にも呆れ顔で窘められる。

　何でお前らはそんなに平然としてるんだよ！　そう思ったが、すぐにああそうかと思い直した。

　伊勢崎がよそに行くなんてあり得ないもんな。何も驚く必要なんてなかった。こんなのすぐに断る訳だし、俺達はどしっと構えてるべきだよな、うん。

　そうだそうだと納得し、佐知はえへっと伊勢崎に笑ってみせた。大丈夫だ、伊勢崎。お前の気持ちはちゃんと分かってるぞ。

「おい、笑いかけるなら俺にしろ。減るだろ」

　お前は俺の気持ちを何も分かってないな、黙ってろ。

「申し訳ありません、外野がうるさくて」

「いや、私のほうこそ突然で悪かったね。だが、私は見る目に自信があるほうでね。これぞという人材を見つけた時は、逃がさないことにしているんだ。ただでさえ、今の日本の労働力人口は少ない。その中で欲しい人材を見つけるのは至難の業だ。特に君ほどともなれば、砂漠の中で一滴の水を見つけるのに等しい。何としても欲しくなるのは仕方のないことだろう？」

「大変ありがたいお申し出ですが、先ほどお会いしたばかりで私を買い被っておられるような気がしますね」

「謙遜は必要ない。上司を矢面に立たせないタイミングで自ら憎まれ役を引き受け、角が立たないように相手に逃げ道も用意する。鮮やかなお手並みだったが、君はそれ以前に、もしもの時に姪より優位な立場に立つためにいくつかの策をあらかじめ用意しているんだろう？ 常に最悪の想定をして行動できる人材は貴重だ。イタリアのメーカーに興味を示さなかったら、あの子の地位が脅かされるような何かを提示されていたのかな？」

栄の問いに伊勢崎は答えなかったが、代わりにふっと口元を緩めた。

「どうやら、私のことをご理解いただけているようで」

「誤解を恐れず言うなら、君は極道なんかには勿体ない人材だ。給与が倍になるだけでは不満なら、遠慮なく言って欲しい。君にとって最高の環境を用意するから、私の下で働いてみる気はないかい？」

確かに伊勢崎は極道なんかには勿体ないぐらいに優秀な男で、佐知自身、何度もそう口にしたことがある。

大手企業で代表を務めているような男に伊勢崎が褒められるのは、何となく誇らしい気持ちだ。そうなんです、うちの伊勢崎、ものすごく優秀なんです。もっと褒めてくれてもいいんですよ。

だが、そんなことを思っていられたのはそこまでだった。

「最高の環境、ですか」

「それだけの才能を持ちながら、極道組織の補佐で終わるのは勿体ないと思ったことはないかい？　自分の実力を存分に試してみたいと思ったことは？　私なら、君を存分に生かすことができる。今いる場所では決して経験できないほどの達成感を、君に与えることを約束しよう」

「…………」

栄の言葉に伊勢崎が少し考える仕草をする。

おいおい、そんな風に思わせぶりに相手に期待させるような間を空けるなよ。

佐知は当然、その後すぐに伊勢崎がこう言うと思った。

『お断りします』

だが、伊勢崎の返事はまさかのものだった。

「少し、考えさせていただいてもよろしいですか？」

よもやまさか。伊勢崎がそんなことを言うなんて想像もしていなくて、佐知はあんぐりと口を開けたまま固まってしまう。

考える？　何を？　条件を？

「嘘だろ!?」

はっと気がついた佐知が大声を出した時には、もう栄はいなかった。ついでに伊勢崎もいなかった。どうやらあまりの驚きにしばらくフリーズしている間に、帰る栄を見送りに行ってしまったらしい。

「ようやく戻ってきたか」

「おい！　何だよ今のは！」

「引き抜きだろ」

「引き抜きだろ、じゃないだろ！　何をしれっと冷静な顔で言ってんだお前は！　うちの大事な伊勢崎が引き抜きかけられてんだぞ!?　しかも日本有数の大企業に！」

「だから何だよ」

「お前あれか!?　黙ってても伊勢崎は勝手に自分についてくるとか思ってんじゃないだろうな!?　考えさせてくれってことはあれだぞ!?　考えるってことなんだぞ!?　考える余地があるってことなんだぞ!?」

「落ち着けよ、声がでけえな」

「これが落ち着いていられるか！」

お前のほうこそ、何でそんなに落ち着いていられるんだと言いたい。

伊勢崎は、ずっと当たり前に東雲組にいてくれるんだと思っていた。いつも何だかんだといやみを言ったりお小言を言ったりしながらも、ここぞという時は頼りになって、時々は世話をかけられたりもして。

そんな日々がこれから先もずっと続くと思っていた佐知は、その当たり前の光景から伊勢崎が消えることを想像してぞっとした。

「い、いやだ……」

「は？」

「伊勢崎がいなくなるなんて嫌だっ」

あれかな、俺が東雲組に住むようになって更に面倒をかけるから、嫌になっちゃったのか？

それとも、くだらないことで賢吾と伊勢崎の関係に嫉妬したから？

「どうしよう、伊勢崎がいなくなっちゃったら」

考えたこともなかったのだ。そんな未来は佐知の想定にない。

「おい、伊勢崎のためなんかにそんな顔すんなよ」

「くだらないヤキモチ焼いてる場合か！　空気読め馬鹿！」

佐知の剣幕にちょっと顎を引いて、賢吾は渋々のように言った。

「別に、いなくはならねえだろ」

「そ、そうだよな？　あんな引き抜きなんかに応じたりしないよな？」

「あいつがあっちを選んでも、お前の後輩だってことに変わりはねえだろ？」

「そうじゃないだろ、馬鹿！」

賢吾はまったく分かっていない。確かにそうだけど、どこに行っても後輩だけど、そうじゃなくて。

何だか頭がぐちゃぐちゃで、自分の感情もぐちゃぐちゃで、上手く説明できない。

「大丈夫ですよ、佐知さん」

それまで黙っていた舞桜が、優しい声で言った。

「晴海さんは佐知さんと賢吾さんのことが大好きだから」

「それと仕事は必ずしも関係ねえだろ」

「賢吾！」

頼むから、少しぐらい安心させてくれ。

翌日は休日で、本来なら伊勢崎と舞桜に史を預けて出掛ける予定だったが、佐知は朝から一人、居間を行ったり来たりしていた。

「このままじゃ駄目だ、何とかしなきゃ」

「おい佐知、何やってんだ。出掛けるんじゃねえのか？」

居間に顔を出した賢吾に飛びつくと嬉しそうに腰に手を回してくるが、そうじゃないとばかりに佐知は賢吾の頬を両手で挟んだ。

「にゃにしやがりゅ」

「出掛けてる場合じゃないぞ、賢吾」

「は？　お前が、今度の休みはスーパーの特売日だから史抜きでデートしよう、ってハートマーク付きで言ったんだろうが」

ハートマークはつけていないが、確かに言った。

今日は馴染みのスーパーの半期に一度の特売日で、ありとあらゆるものがものすごく安い。もちろん近所の猛者達が大勢やってきて、スーパーは人でごった返すから、そこに賢吾を投入してお買い得品をゲットするつもりだった。

だがしかし。

「スーパーの特売なんかに行ってる場合じゃない」

「どうした佐知、熱でもあるのか？　お前が特売に行かねえなんて」

「いいか、賢吾。スーパーの特売は大事だ。だが、時として人間にはスーパーの特売よりも大事なものがある」

「たとえば？」

「伊勢崎だ」

途端に賢吾が顔を顰める。

「おいお前、この間俺が『俺と特売、どっちが大事なんだ』って聞いた時に、間髪を容れずに特売って答えたの忘れてねえぞ」

「あの時の俺にとっては、お前より特売のほうが遥かに大事だった」

あの日は卵の価格が通常の半額だった。しかもお一人様一パックまで、なんて制約もなかったから、何としてでも買いに行かねばならなかった。そんな時に俺と特売のどちらが大事なんて言われたら、そりゃあ一も二もなく特売を取るだろう。卵だけではなく、牛肉だって通常価格の四十パーセントオフだったのだ。

「だったら、俺より伊勢崎のほうが大事だってのかよ」

「今はそう。お前より伊勢崎が大事」

昨日のことを思い出せば、ちっとも安心できない。あの後、栄を見送って戻ってきた伊勢崎に『考えさせてくださいなんて言っちゃって、あはは』と言ったら、『なかなかいい条件でしたからね』と返され、何でもない顔で『さあ、食べましょう』と話を変えられてしまってそれ以上伊勢崎を追及することができなかった。

「……浮気だ」

不貞腐れた顔でそう言う賢吾の額をぺちりと叩く。

「浮気で思い出したけど、お前のほうがよっぽど性質悪くない？　何だあの石井さんって人。あれだけぐいぐいくるタイプなんだから、さぞかししな垂れかかられたり胸を押しつけられたりしたんだろうな？」

伊勢崎が引き抜きをかけられたことのインパクトが強すぎて、すっかり忘れていた。佐知がスーパーで誰かに話しかけられただけで嫉妬してぶつぶつ言うくせに、自分はあんな美人に言い寄られていたのを隠していたなんて信じられない。

「で、伊勢崎がどうしたって？」

不貞腐れていたのが嘘みたいに、賢吾が姿勢を正してくる。

「お前、本気で一度ぶん殴るぞ」

わざとらしすぎるんだよ、この野郎。

むっとした佐知がわざと拳を握りしめると、賢吾は「まあまあ」とその拳を握り込んだ。

「殴るよりキスしてくれよ」

鼻をすりっと佐知の鼻に擦り寄せて囁き声で甘えてくるから、これが策略だと分かっていてもきゅんとしてしまう。

「お前、それは狡くない？」

佐知は甘えられるのに弱い。だって、甘える時の賢吾ときたらものすごく可愛いのだ。こんなに図体が大きくて、誰にも弱みを見せないような顔をしている男が、佐知にだけはまるで猫のように甘えてくるなんて、ギャップが狡い。

「さーち」

いつもは勝手にキスしてくるくせに、目を瞑って催促してくる。わざとだと分かっているのに、その誘惑には勝てない。

「別に、誤魔化されてやるつもりはないからな」

「分かってるって」

仕方なしにちゅっと唇を触れさせると、佐知の腰を抱く腕に力を込めて、賢吾のほうからもちゅっちゅっとキスを繰り返してきた。

「あの人、ん、む……仕事相手だったん、だろ？」

「まあな」

「ん、ん……ちょ、賢吾……っ」

賢吾の手がシャツの下に滑り込んでくるのを止めようとすると、「ちょっとだけ、な？」と顎先にキスして甘えた声を出す。

「ちょっと、だけ……だから、な？」

首筋に触れた唇が、やんわりと撓むのを感じた。見なくても、賢吾がご機嫌で笑ったのが分かる。

ぺろりと喉仏を舐められて、肌がざわついた。寒さや恐怖以外でも鳥肌が立つことを知ったのは、賢吾のせいだ。

これから訪れる快楽への期待と不安。気持ちよくなりたい。でも、気持ちよくなりすぎたらどうなっちゃうのか。それも知っているから、そんな自分が怖くもなる。

「ふ……っ、あ、痕はつけちゃ、駄目……だから、な……」

「分かってる」

賢吾の舌が、鎖骨の窪みを辿る。肌を弄る指が胸の尖った場所に触れて、びくんと身体に電流が走ったみたいになった。

「あ、そこ……っ」

「佐知はここが好きだもんな」

「あっ、あ、すき……っ」

「昨夜はできなかったから、その分可愛がってやろうな」

「ん、ん、ぁっ」

そうだ、昨夜はできなかった。いつもなら休みの前日の夜は二人でのんびりと夜更かしして、朝方まで絡み合ってることもあるのに、昨夜はそれどころじゃなくて。……そう、それどころじゃ――

「そうだった!!」

「うおっ!」

こんなことをしている場合ではなかった！

佐知に突き飛ばされた賢吾が、その勢いでどすんとソファに腰を下ろした。

「何だよ、立ってるのがしんどくなったのか？　だったらこっちに――」

「ステイ!」

「は？」

「待てだよ、待て。こんなことしてる場合じゃなかった。今すぐ作戦を立てなきゃ」

「作戦？」

何だそれ？　と分からない顔で首を傾げる賢吾が可愛い。

わざとやってるんじゃないだろうな。ちょっとむらっときたのを何とか抑えて、佐知は「そう、作戦」と人差し指を立てた。

「このまま伊勢崎が引き抜かれるのを指を咥えて黙って見てる訳にはいかないだろ。伊勢崎を逃がさないために、作戦を立てる必要がある」

「別にほっときゃいいだろ。あいつのことはあいつが決める」

「あのなあ、お前だってあいつがいないと困るだろ⁉　そもそも、誰が一番伊勢崎に世話をかけてると思ってるんだ！」

「別に俺は困らねえ」

困らない訳ないだろ！　どうしてお前はそういう思ってもいないことを言っちゃうかな⁉

佐知がそう捲し立てようとするより先に、「へえ」という声が聞こえてきて。

やばい。この声はもしかして。

「い、伊勢崎くん？」

振り向いた先にいたのは、声から予想した通りの伊勢崎だった。いつの間に入ってきたのか、居間の入口からこちらを見つめる伊勢崎の視線は冷たい。

「ちち、違うぞ、伊勢崎！　誤解だ！」

「おい、浮気がバレた男の常套句みたいになってんぞ」

「うるさい！　お前は黙って……いや、黙るな！　今すぐ言い訳しろ！」

「言い訳なんて必要ありませんよ？」

「ちち、違うんだよ、伊勢崎！　ほら、賢吾くんてば素直な性格じゃないから、思ってることと反対のことを言っちゃうだろ？　は、ははっ、いつまで思春期なんだろうね、まったく！」

「俺はいつだって素直……ぐ……っ」

これ以上余計なことを言う前に賢吾の顔にクッションを押しつけたが、時すでに遅し。

「確かに、若は嘘は吐きませんからね」

「いやいやいやいや、意外と嘘を吐いたりするよ!?　ほら、風邪をひいてるのにひいてないって言い張ったりとか、縫った怪我が痛いのに痛くないとかさ！」

「佐知さん、別にフォローしようとしてくれなくて大丈夫ですよ。俺はただ、史坊ちゃんを連れていきますよ、とご報告に来ただけですので」

それより、と伊勢崎は佐知の手を指差した。

「ただでさえ極道への風当たりが強い昨今、殺人は勘弁してもらいたいんですが」

「え？」

伊勢崎の指に誘導されて視線を向けて、佐知は自分が賢吾の顔にクッションを押しつけたままだったことに気づく。慌(あわ)ててクッションを退けると、顔を真っ赤にした賢吾が「この野郎」と佐知を睨(にら)みつけてきた。

「お前今、完全に俺のことを忘れてただろ」

本気で忘れてました、なんて言ったら間違いなく拗(す)ねるので、佐知は「はは、そんなまさか」と明後日(あさって)の方向に視線を向けた。

それから三十分後、東雲家の本宅では組員達を集めた会合が開かれていた。

「皆(みんな)、よく集まってくれた」

仁王立(におうだ)ちで皆に呼びかけたのは佐知である。隣(となり)では賢吾がつまらなそうな顔をしているが、知ったことではない。伊勢崎が史と共に出掛(でか)けた今がチャンスなのだ。このチャンスを逃(のが)したら、伊勢崎の目を盗(ぬす)んで会合を開くことは難しい。

「佐知、一体何事だい？　伊勢崎に内緒(ないしょ)で全員集まれだなんて」

「伊勢崎の誕生日は、まだ先だったはずだが」

上座に座る京香と吾郎は不思議そうな顔をしたが、組員達はどこかそわそわしていて、その中の一人が意を決したように先陣(せんじん)を切って口を開く。

「佐知さん、あれですね？」

「お前、聞いたのか？」

もしかして伊勢崎から何か聞いているのか、と佐知は期待したが、返ってきたのは関連の分からない言葉だった。

「いえ、でも俺、いつかこんな日が来ると思って、実は貯金してました」

佐知にはまるで意味が分からないのに、他の組員達がその言葉に同調し始める。

「ああ、もしかしてあれか！」

「俺は佐知さん達のためにも貯金してるぞ！」

「俺なんて、いつかは姐さんにも、と思って三組分貯金してるからな！」

「ああ、組長と姐さんはほとんど駆け落ち同然だったらしいからなあ。いつか着せてあげたいよなあ」

「やっぱりお色直しは必要だからな。和装と洋装、どっちも見たいし！」

組員達がわっと口々に話し始め、一気に広間がうるさくなった。

「こらこらちょっと待て、貯金って何の話だよ？」

「だからあれですよね？　補佐がとうとう舞桜ちゃんにプロポーズしたんでしょう？　任せてください！　俺達、この日のために歌だって練習して――」

「違う違う違う！　プロポーズじゃない！」

　佐知が大声で怒鳴ると、組員達が驚いた顔で固まった。

「も、もしかして補佐、舞桜ちゃんに振られちゃったんですか？」

「仕事仕事でちっとも家に帰れなかったから……」

「いや、もしかしたらあれかもしれないぞ、もらったネクタイを大事にしすぎてケースに入れて飾ってるのがバレて、気持ち悪がられちゃったのかも」

「ああ……さすがにあれはちょっとなあ。会社のデスクに飾ってたけど、俺もちょっと引いたもんなあ」

　待って。伊勢崎、そんなことしてたの？　ていうかその前にお前ら、伊勢崎の結婚式のために歌を練習してたって？

　むさ苦しい男共が男泣きしながら結婚式で歌う姿を想像して、よし、いつか伊勢崎と舞桜の結婚式をやろう、と佐知は心に決めた。面白いから。

　組員達がいずれは佐知と賢吾の結婚式でも歌ってやろうと思っているなんてことには、まるで気づかない佐知である。

「振られた訳でもない！　引き抜きをかけられてんだよ！」

「なぁんだ、振られたんじゃないのかい。つまらないねえ……って、引き抜き⁉」

　好き放題にあちこちをうろうろする双子の様子を見ていた京香が、ぐわっと目を見開いて立ち上がった。

「うちの伊勢崎に目をつけるなんていい度胸だ！　どこの組だい？　そんな組ぶっ潰(つぶ)して――」

「タイタングループの社長です」

佐知の言葉を聞いて、組員達からどよめきの声が上がる。それに驚いたのか、瞳(ひとみ)をうるうるさせた幸(ゆき)が慌てた様子で佐知の足元までやってきたので抱(だ)き上げてやった。

「タイタングループ⁉　タイタングループって言えば、あの誰(だれ)でも知ってるタイタングループっすか⁉」

「そのタイタングループだな。しかも、今の倍の給料出すって」

「倍⁉　金に物を言わせてふてえ野郎(やろう)だ！　補佐が金で靡(なび)くと思ったら大きなまちが――」

「それが、ちょっと考えさせてくださいって言い出してて」

「へ？　誰が？」

「伊勢崎が」

「考えさせてくださいって？」

「そう」

佐知が頷(うなず)くと、京香が「駄目(だめ)だよ！」と叫(さけ)んだ。

「伊勢崎がいなくなったら、うちはどうなるんだい⁉」

「そうなんですよ、京香さん！　伊勢崎がいなくなるなんて駄目なんですよ！」

我が意を得たりと佐知が京香の手を取れば、組員達も立ち上がって「そうだそうだ！」と口々に言い始めた。佐知と京香の間に挟まれた幸も一緒になって「あぅー！」と声を上げる。

「補佐がいなかったら、誰が若の横暴を止めるんですか！」

「おい、誰が横暴だって？」

自分の足元にやってきていた郁を抱き上げた賢吾の言葉は、騒ぐ組員達の耳には届かなかった。

「組長が昔遊んだ女が暴れる前に、誰が収めてくれるんです⁉」

「こ、こら！　何を言っておる！」

「へえ……それは聞き捨てならないねえ」

「若の突然のスケジュール変更だって！」

「逃走した若の確保だって！」

「佐知さんに怒られて凹んだ若の相手だって！」

「俺達のミスの尻拭いだって！」

「俺が学校を休む時のお休み連絡だって、補佐がしてくれてたのに！」

伊勢崎……そんなことまでしてたのか。しかもやっぱり賢吾が多大な迷惑をかけている。聞けば聞くほど、伊勢崎が東雲組にうんざりしてもおかしくないと思えてしまって、佐知はこのままでは駄目だと決意を新たにした。

「お前達、まさかこのまま伊勢崎を取られていいなんて思ってないよな？」

「当たり前です！」

「補佐は俺達の家族ですよ！」

「俺、子供が生まれたら補佐に名前をつけてもらうって決めてるんですから！」

「俺は、彼女ができたら補佐に真っ先に紹介しようって決めてます！」

それはやめておけ。できたばかりの彼女からすぐに別れの言葉を聞く羽目になるぞ。

「だったら、俺達がやるべきことは一つだ」

佐知は厳かに宣言した。

「これから、東雲組はいいところ作戦を開始する」

「東雲組はいいところ、作戦？」

「いいか。俺達はこれまで、何かと言えば伊勢崎を頼りすぎていた。そのせいできっと、伊勢崎は疲れてるんだ。疲れてる時に優しくされたら、ほろっと絆されそうになるだろ？」

「浮気者みたいな言われようだな、あいつ」

茶々を入れてくる賢吾を無視して、佐知は拳を握りしめる。

「だから、あいつに思い出させてやろう。ここがあいつにとって最高の居場所だってことを」

「なるほど！」

組員達がうんうんと頷き合うのを見て、佐知は握った拳を突き上げて皆を鼓舞した。

「いいか、お前ら！　全力で伊勢崎をおもてなしするぞ！」

「おおおおお!!」

佐知に続いて組員達が拳を突き上げると、京香も立ち上がる。

「伊勢崎は東雲組のものだよ！　全力で取り返しな！」

「おおおおおお!!」

広間は今、一体感で満ちていた。……賢吾を除いて。

「やれやれ。嫌な予感しかしねえな」


「ねえさち、ぼくもがんばるからね！」

伊勢崎に連れられて碧斗のところに遊びに行っていた史は、帰ってくるなり居間に飛び込んできて鼻息も荒くそう言った。どうやら組員達から『東雲組はいいところ作戦』について聞いたらしい。

「ぼく、いせざきさんだいすきだから、ずっとうちにいてほしい。ぼくがくみをついだら、ぼくもいせざきさんにほさしてもらうってきめてるもん」

「史、組を継ぐつもりなのか？」

洗い物をしていた手を止め、腰に抱き着いた史のほうに身体を向ける。すっかり決めているような口ぶりに佐知が驚けば、史はえへんと胸を張った。

「だって、ぼくもくみのみんなをまもりたいもん」

「組を継ぐ云々の話は保留にするが、皆を守りてえってお前の気持ちはありがてえな」

取り込んだばかりの洗濯物を畳み終えた賢吾が立ち上がりそう言うと、史は賢吾の持っている洗濯物から自分の分を受け取りに行く。

「ほりゅうってなに？」

「大人になるまで、ゆっくり考えろってことだ」

「ちゃんといっぱいかんがえてだしたけつろんだよ？」

最近子供扱いされることに敏感な史が洗濯したばかりの服を抱えてぷくりと頬を膨らませると、賢吾はその頬を指でぷしゅりと潰し、「守る、にも色々あるってことだ」と史の頭を撫でた。

「ぱぱ、ぼくはぱぱみたいにできないっておもってる？」

「そうじゃねえよ。守り方にも色々ある。伊勢崎だって、犬飼だって、組のやつらだって、皆それぞれのやり方で組を守ってる。別にお前が俺になる必要はねえだろ？　お前なりの守り方をゆっくり探せばいい」

「……むずかしくて、よくわかんない」

「たとえば、お前が悪いことしたら、佐知ならどうすると思う？」

「すっごくおこるよ。ぼく、こわくてないちゃうとおもう」

「俺なら？」

「なんでそんなことしたんだ？　ってきく」

「伊勢崎なら？」

「うーん……たぶん、なにもいわないとおもう。でも、いせざきさんはなにもいわないときのほうがこわいんだよ？」

史、お前は伊勢崎のことをよく分かってるな。そうだ、伊勢崎は何も言わないで黙り込んだ時が一番怖い。

「犬飼なら？」

「いぬかいさんは、ばれないようにやらなきゃっていうよ、きっと」

「誰が正解だと思う？」

「え？　せいかい？……みんなぼくのことかんがえていってくれてるから、ぼくえらべない」

「そうだな。全員バラバラだが、全員お前のことを考えて言ってる。……まあ、犬飼はちょっと怪しいが」

「そんなことないよ！　いぬかいさんはまえにぼくがおかしたべてさちにおこられたときも、こうすればばれないっておしえてくれたもん！　あ！　でもぼく、やってないからね！　おかしたべすぎたらからだにわるいってさちにきいてなっとくしたから、もうおかしたべすぎないもん！」

そうか、と表面上はにこやかに笑ってみせた佐知だが、内心ではあの野郎と犬飼に悪態を吐く。史に入れ知恵をするなんて、何て男だ。椿に密告してやる。

「あれ？　なんのはなしだった？」

「皆が史の心配をするのに正解が一つじゃないように、組の守り方もきっとたくさんあるって話だよ」

佐知が分かりやすくまとめてやると、史は分かったような分からないような顔で少し考えて、「まあ、いいや」と笑った。

「ぼくがくみをつぐのはもうけっていじこうだから、ぱぱのことはおいおいせっとくすることにする」

追々、だなんて、どこでそんな難しい言い回しを覚えてきたのか。保育園に入った時もそうだったが、小学校に入ってからは飛躍的に語彙が増え、生意気盛りになってきた。

背伸びして大人っぽく振る舞いたい年頃のようで、自分達の子供の頃もこうだったのかな、なんて思い出すと、少しくすぐったい気持ちになる。

「誰かの影響で、頑固に育ってきたもんだな」

くしゃくしゃと史の頭を撫でてから賢吾が高く抱き上げると、史はきゃあと嬉しそうな声を上げて両手両足を広げた。全身を当然のように賢吾に委ねて「もっと！」と強請る史の笑顔を見ているだけで、自然と佐知の顔にも笑みが浮かぶ。

こんな風に自分を無条件で信頼してくれる人というのは、人生において数えるほど……いや、もしかしたら一生出会えない人だっているかもしれない。時には親や兄弟姉妹だって信じられないという人もいるだろう。大人になればなるほど、無条件で信頼できる相手というのは貴重だ。

佐知にとっては賢吾がそうだ。どんな時でも、賢吾のことは信じられる。たとえば賢吾が佐知に『死んでくれ』と言ったら、それは絶対に必要なことなのだと受け入れるだろう。それぐらいには、賢吾のことを信じている。賢吾もおそらくそうだと思う。

そういう人に出会えるのは、ある意味では奇跡(きせき)的だ。そして佐知は、賢吾のその信頼できる相手の中に伊勢崎が入っていることを知っている。

賢吾は危険の只中(ただなか)にいる時、伊勢崎を顧(かえり)みない。どんな状況(じょうきょう)にいても、伊勢崎だけは自分の期待を裏切らないと知っているからだ。危険の中にいて賢吾が振り返らずに背中を預けられる相手というのは、伊勢崎しかいない。

伊勢崎は賢吾の行動を予測して行動でき、賢吾も伊勢崎の行動を予測して行動できる。それだけではなく、こいつなら絶対に自分の期待に応(こた)えると信じられる。それが、賢吾にとっての伊勢崎だと思う。

たとえば佐知が背後にいたら、賢吾は必ず振り返ってしまう。佐知を心配する気持ちがそうさせると分かっているが、それでは足手まといになる。いつかは賢吾が振り返らずに済む存在になりたいと思うが、賢吾の愛情がなかなかそうさせてくれないことは理解できた。

伊勢崎のことが好きだ。恋愛的な意味ではないが、佐知にとっては家族も同然で、言葉を尽くしても足りないほど大事な存在だ。

だがそれとはまた別の次元で、伊勢崎は必要な存在である。賢吾の背後には、必ず伊勢崎がいなければならない。そしてそれは、伊勢崎にとっても同じだと思っている。

お前にだって賢吾が必要なんだぞ。伊勢崎、お前ちゃんとそれを分かってるのか？

「ねえぱぱ！　ぼくたちのほさをにがしちゃだめだからね！」

賢吾はそれに笑うだけで、何も答えなかった。それだって佐知には歯痒い。

伊勢崎の有能さを一番知ってるのは賢吾のはずだ。賢吾がここにいろと言えば、伊勢崎だってすぐに分かりましたと言うはずなのに。

かくして、翌日から『東雲組はいいところ作戦』は始まった。

「あ、補佐！　書類をお持ちします！」

「いや、これは今からチェックする必要があるから……おい！」

「補佐にこんな重い物を持たせられません！　あ！」

廊下に書類をばら撒いた組員が、慌てて書類をかき集めている最中に「あ……」と気まずそうな声を出す。

「すみません、補佐……破れちまいました」

第一陣、失敗。

「お前何やってんだよ！　補佐、お疲れでしょう？　補佐のお気に入りのカフェでコーヒーをテイクアウトしてき……ああああああ！」

割り込むように伊勢崎に話しかけた別の組員が、紙袋を落として書類の上にコーヒーをぶちまけた。

第二陣失敗。

「ああ、まったく。あんた達、何をやってるんだい。伊勢崎に世話をかけるんじゃないよ」

そこに現れたのは、いつになくぴしっと恰好よく決めた京香である。着物姿はいつも通りだが、髪型にも化粧にも、いつも以上に気合いが入っている。

「姐さん、どこかへ行かれるんですか？」

「何だか最近、吾郎さんがあんたに面倒をかけてると聞いてね。吾郎さんと関係があったって女が騒いでたんだって？　あたしが双子の世話に忙しくしている間にどうやら勘違いした女共がいるらしいから、ほんのちょっとばかり可愛がってやろうかと思って」

「姐さん」

「二度とあんたの手を煩わせたりしないように、あたしがきっちりシメといてやるから安心しな」

「姐さん、落ち着いてください。またクラブを破壊するつもりですか？」

「あはは、馬鹿言ってんじゃないよ。あたしだっていい歳の大人さね。もうそんな風に暴れたりなんかしないよ」

「姐さんが前回暴れてから、まだそれほど時間が経ってないんです。まったく安心できません。それより、ベビーシッターの候補を見つけてきたので、そちらの確認をしてもらいたいのですが。おい！　誰か、この書類を姐さんにお見せして、ほうじ茶を淹れて差し上げろ」

「はい！　姐さん、ほらドスはこっちで預かりますから、部屋に戻ってお茶でも飲みましょうね？」

「何だい、せっかく久しぶりに暴れてこようと思ったのに」

第三陣、失敗。……こればかりは失敗してくれてよかった。危うくどこかのクラブで大惨事が起こるところだ。

中庭の木の陰に隠れて本宅の様子を見守っていた佐知は、あまりの駄目さ加減に肩を落とす。

今日は朝から天気が良かったはずなのに、昼になって急に天気が悪くなってきた。朝干した洗濯物が心配になって、昼休みに帰宅してみればこれだ。

このままでは駄目だと佐知が頭を抱えていると、組員が「補佐、どこへ行かれるんですか？」と慌てる声が聞こえてくる。

「どこへも何も、お前達が駄目にした書類を作り直さないといけないだろう？」

「俺達がやった失敗は俺達がけじめをつけます！　事務所にいる組員に頼んで印刷し直してきますんで、補佐はここで待っていてください！」

「そうですよ！　俺もすぐにコーヒーを買い直してくるんで！」

「いい。自分で動いたほうがはや――」

「駄目です！　補佐はここに座ってのんびりしててください！」

「いや、自分で行くからお前達は――」

「俺がダッシュで取ってくるんで、補佐はここでそれを待つのが仕事です！　絶対ですよ!?　すぐに戻ってきますから、ここでゆっくりしててくださいね！」

伊勢崎に有無を言わせず、組員達がばたばたと飛び出していく。伊勢崎は唖然とした顔でそれを見送り、その後、電池が切れたようにぽふんと縁側に座った。

あ、座るんだ。組員達の言うことをちゃんと聞くんだ。可愛いとこあるな。

本人に聞かれたら憤慨されそうなことを考えていると、伊勢崎がふうとため息を吐いた。

伊勢崎は常に忙しい。こんな風にのんびりと座って庭を眺めるなんて、そんなにあることではないだろう。佐知は伊勢崎に休憩時間を与えた組員を密かに賞賛したが、すぐにあれ？　と思った。

伊勢崎のやつ、何か変だな。

中庭を眺めてのんびりできる縁側は、佐知のお気に入りの場所だ。あそこに座って花を愛でたり池を眺めたりするのは、佐知にとって忙しい毎日の中でほっと一息吐く時間なのだが、今胡坐をかいてそこに座る伊勢崎はどうにも落ち着かない様子である。やけに不機嫌そうな顔でスマホを出したり仕舞ったりして、それからうんざりしたようなため息を吐いている。

あいつ、もしかしてのんびりするのが嫌なのか？

そこに思い至って、佐知は呆れた気持ちになった。

あのワーカホリックめ、暇な時間が嫌でたまらないんだな。のんびり花を愛でる時間を無駄だと思うタイプだ。いや、こんなことをしている暇があったら、全ての仕事をなるべく早く終わらせて舞桜のもとに帰りたいと思っているのかも。

それにしたって、あそこまで手持ち無沙汰にするとは信じられない。

賢吾でもそこまでじゃないぞ、と思いながら眺めていると、ぱたぱたと軽やかな足音が聞こえてきた。

「あ、いせざきさんだ！」

史である。

史の小学校では、一年生はまだ給食を食べてすぐに帰宅する時間割だ。昼間の史の相手をしてくれるのは京香や吾郎、組員達であることがほとんどで、思いがけず伊勢崎がいたことに史は嬉しそうににこにこして隣に腰を下ろす。

「史坊ちゃん、何か忘れていませんか？」

「え？……あ！　ただいま！」

「はい、お帰りなさい」

挨拶を忘れないように、と伊勢崎から教育的指導を受け、史は賢吾がいつもするみたいに肩を竦めた。

「えへへ、ごめんなさい、いせざきさんがいてうれしくて」

「俺も、史坊ちゃんにお帰りなさいが言えて嬉しいですよ」

伊勢崎のやつ、史にはすこぶる甘いな。相手が俺だったら、二言三言はいやみが飛んでくるところだ。

「いせざきさん、ここでなにしてたの？　おしごとは？　きょうはおやすみ？」

立て続けに疑問をぶつける史に、伊勢崎は疲れた声で返す。

「こう見えて、今も仕事中ですよ。書類が届くのを待っています」

「ふーん。ねえ、いせざきさん、つかれてる？」

「まあ、ここのところ、忙しいですからね」

「……ぱぱとおしごとするのってたいへん？　たのしくないの？」

縁側で足をぱたぱたとさせながら史が尋ねた言葉に、伊勢崎が目をぱちりと瞬かせた。

「どうしてそんなことが気になるんですか？」

「いいから！」

「……まあ、仕事というのは、楽しいことばかりじゃないですからね」

伊勢崎にとっては、今がまさにそうなのだろう。ただ待つだけの仕事は、伊勢崎にとっては苦行に等しいらしい。組んだ腕の指が落ち着きなくとんとんと動いているのがその証拠だ。

伊勢崎の返答を聞いて佐知はそんな風に考えたが、史は何故か目をきらきらさせて「やっぱり！」と立ち上がった。

「いぬかいさんのいったとおりだ！」

「……は？」

この瞬間の伊勢崎の声は、ぞっとするぐらいに低かった。目の前にいたのが組員達だったら凍りついていただろう。だが史はそんなことに気づく様子もなく、興奮した様子で捲し立てた。

「あのね、ぼくね、いぬかいさんにきいたんだよ⁉ なにをしたらいせざきさんによろこんでもらえるかなって！ そしたらいぬかいさんがおしえてくれたの！ みんなでいせざきさんからしごとをとりあげて、ゆっくりさせてあげたらいいって！ だからくみいんのみんなにもおしえてあげたの！」

「……あいつのせいか」

伊勢崎が小さな声で、「殺す」と呪詛を吐いたのが佐知の耳に届いた。

今頃、京都では犬飼が箪笥の角に足の指をぶつけるとか、曲がり角で誰かにぶつかって弾き飛ばされるぐらいの不幸に見舞われているかもしれない。

いや、犬飼さんだって史に相談されて真剣に答えたのだろうに、何もそんなに怒らなくてもよいのでは？

普通の人は仕事を取り上げられて怒ったりしない。そう考えると、犬飼のことがほんのちょっとだけ気の毒に思えた。まあ、日頃の行いを考えれば、ほんのちょっとだけなのだが。

「史坊ちゃん、相談する相手を間違えています。次からは何かあった時は俺に相談してください」

「いせざきさんのことを、いせざきさんにそうだんするの？」

「俺のことなんだから、俺に聞くのが一番でしょう？」

史はそれに「そっか！　そうだね！」と素直に頷き、後ろから伊勢崎に抱き着いた。

「だったらいせざきさん、いまぼくになにしてほしい？」

「そうですねえ。今すぐ宿題をして、郁さんと幸さんと遊んであげてください。そうしたら、俺の仕事がものすごく楽になります」

「わかった！　ぼくにまかせて！」

使命を与えられた史は鼻の穴を膨らませて張り切り、「いますぐやるね！」と走り去っていく。子供の扱いも上手いなんて、あいつには死角なしか。

「……ところで佐知さん、そこで何をしていらっしゃるんですか？」

「え!?」

伊勢崎に突然声をかけられ、思わずひっと佐知の背筋が伸びる。ちゃんと見えないところには隠れていたつもりだったが、いつの間にかさっきまでより近づいてしまっていたらしい。

「視線がうるさくて、見て見ぬふりもできませんよ」

忍者かよ、というのは思うだけにしたはずなのだが、「こそこそ忍者のようなことをしているのは佐知さんでしょう?」と返される。いや、返されるじゃないわ、一言も言ってないわ、俺の心を読むな。

「べ、別にこそこそなんかしてないし! 雨が降りそうだから洗濯物を入れに帰ってきただけだし!」

「珍しいですね、わざわざ自分で取り込みに来るなんて」

「う……」

佐知は朝のうちに洗濯物を干して出掛けることが多い訳だが、天気予報というものはあくまでも予報であって、外れることもままある。そういう時、佐知はすぐに伊勢崎に『洗濯物入れといて』と連絡するのが常だった。伊勢崎が東雲邸にいてもいなくても、何とかしてくれると分かっているからである。

賢吾には絶対にしない。二つ返事で『分かった』と答えるだろうが、その後伊勢崎に叱られるのは佐知だからだ。

「いや、ほら、伊勢崎も忙しいかなって思って、できることは自分でやろうかなって」

「なるほど。それで若からの連絡を放置して音信不通になり、若から俺のところにひっきりなしに連絡が来ている訳ですね」

伊勢崎が操作したスマートフォンの画面をこちらに向けてくる。近づいて画面を確かめると、メッセージアプリのトーク画面にいくつかの言葉が並んでいた。

『佐知が電話に出ない』

『既読（きどく）もつかない』

『また厄介（やっかい）事に巻き込まれたかもしれねえ』

『すぐに捜（さが）せ』

そうして見ている最中にも、ぽこっとメッセージが増える。

『医院にもいねえぞ』

「そういえば、スマートフォンを医院に忘れてきた、かも」

えへへ、と愛想（あいそ）笑いすれば、それを肯定（こうてい）するようにまたぽこりとメッセージが増えた。

『スマホを置いていってやがる』

『舞桜に聞いたら、昼飯を買いに行っただけのはずだって』

『誘拐（ゆうかい）されてるかもしれねえ』

『すぐに組員に通達を出せ』

無言で画面を見せ続けてくる伊勢崎に、佐知はもう一度愛想笑いを見せる。

「えっと、あの……すみません」

医院を出る時は、確かに弁当を買いに出るだけのつもりだった。だが外に出て天気が悪いことに気づき、そのまま東雲邸に帰ってきたのだ。

伊勢崎はため息を吐いてからスマートフォンを操作し、何やら賢吾に返事をした後でポケットに仕舞う。

「あまり若に心配をかけないでくださいよ。面倒臭いので」

小さな子供じゃあるまいし、ちょっとぐらい連絡が取れないぐらいで騒ぐ賢吾のほうがおかしい、なんてことは口が裂けても言わない。言ったところでやり込められると分かっているからだ。

「はい」

神妙な顔で謝ると、ぽつっ、と鼻の頭に雨粒が触れた。

「あ、やばい！」

「ほら佐知さん、手伝ってあげますから急いで」

「分かった！」

ぽつりぽつりと降り出した雨粒が、あっという間に足元に水溜まりを作るほどになっていく。

大慌てで洗濯物を抱えて佐知達の家のほうの縁側に飛び込めば、隣で伊勢崎も同じように洗濯物を抱えていて、それを見ていたら急におかしくなってきた。

「ぷっ、ははははっ」

「笑い事じゃありませんよ、まったく」

「だって……っ、色男が洗濯物抱えて髪ぐちゃぐちゃで、台無し……ぶっ、くくっ」

「その言葉、そっくりそのまま返しますよ、先輩」

伊勢崎が佐知や賢吾のことを先輩と呼ぶのは、後輩に戻った時だけだ。無意識なのかもしれないが、何だか学生時代に戻ったような気がして、尚更楽しくなってしまう。

「何か、昔もこんなことがあったよな？」

「ああ、文化祭で使う暗幕を屋上に干していた時のことでしょう？」

「そうそう。せっかく干し終わったと思って引き揚げたら、突然大雨が降ってきて」

「慌てて屋上に戻ったら、東雲先輩がいたんですよね」

「ははは！　屋上に行ったら、お前ら！　急げ！　って何か必死な顔してる賢吾がいて、皆で必死に取り込もうとしたけど結局びしょ濡れのぐしゃぐしゃで。何だか途中で笑えてきてさ」

「先輩が急に大声で笑い出すから何事かと思いましたけど、顔を上げたら目の前に必死に暗幕を抱える東雲先輩がいて、あれは久しぶりに俺も大声で笑いましたね」

　あの時の光景は、今でも鮮明に思い出せる。

　湿気が含まれた独特の空気と匂い、笑う伊勢崎と不貞腐れる賢吾の表情、びしゃびしゃに濡れた髪と纏わりつく制服の重み。

『あははは！　おい見ろよ、伊勢崎！　賢吾のあの顔！』

『ははは！　似合わなすぎる！　びしゃびしゃじゃないですか！』

『お前らだって同じだろうが！』

　その後びしゃびしゃになった暗幕を抱えて右往左往する羽目になったのも、今となってはいい思い出だった。

　全てがまるで昨日のことのようだ。その時の自分にとっては何でもない一日だったはずなのに、強烈に残る青春の記憶。

「あいつ、生徒会の役員でも何でもなかったのにな」

「あなたのためにやったに決まってるでしょう？　俺はあの後、ものすごく根に持たれましたよ。最初に笑ったのは俺じゃないのに」

「あの頃から仲良かったもんな、お前ら」

「まあ……佐知さんへの愚痴を聞いていただけですけどね」

　濡れた髪をかき上げた伊勢崎が、取り込んだばかりの洗濯物の中からタオルを引っ張り出し、佐知の顔にぺしっと投げつけた。

「昔を懐かしむなんて、お年寄りのやることですよ？　ほら、さっさと拭いて、風呂に入ってきてください。佐知さんに風邪でもひかせたら、若に怒られるのは俺なんですから」

「お前も入れよ」

「佐知さんと一緒にですか？　佐知さんはどうしても若に俺を殺させたいようですね」

「そうかな？　別にお前となら一緒に入っても――」

「いい訳ねえだろ」

「うわっ！」

突然背後から誰かに抱きすくめられて驚いたが、佐知にこんなことをするのは一人しかいない。

「賢吾、早かったな」

「来るのが当然みたいな言い方すんじゃねえよ。スマホぐらいちゃんと持ち歩け」

しゃがんだ姿勢で佐知を抱きしめたまま、賢吾が「ほら」とスマホを手渡してくれる。「ご苦労」とそれを受け取ると、ぱたぱたと組員達の足音が近づいてきた。

「佐知さん、大丈夫で……うわっ、若！　お帰りなさい！」

賢吾がいることに気づいた組員達は一瞬固まったが、伊勢崎の様子を見て「ああ！」と声を上げる。

「補佐まで濡れちゃってるじゃないですか！　風邪をひくといけません！　今すぐ風呂に入りましょう！」

「ば……っ」

馬鹿、とでも言おうとしたのだろうか。組員が伊勢崎の頭からバスタオルを被せたせいで聞けなかったが。

「俺、お背中をお流ししますんで！」

そのまま頭を拭こうとする組員からバスタオルを取り上げ、伊勢崎は眼鏡と髪の水気をささっと拭いて立ち上がる。

「そんなことをしている時間はない。それより早く書類を寄越せ。髪だけ乾かしたらすぐに——」

「だったら、俺が髪を乾かしますんで！」

「その間に足湯をしましょう！」

「俺、おやつをお持ちしますね！」

「おい、そんなことをしている暇はないと言って——」

「早くお連れしろ！」

「誰か湯を持ってこい！」

「ほら、コーヒーも買ってきましたから、ゆっくり飲みましょうね」

「おい！　人の話を聞け！」

半ば引き摺られるようにして、伊勢崎が連行されていく。ほんの少し方向性を間違っている気はするが、伊勢崎が大事にされることは悪いことではない。うんうん、と佐知が頷きながら見送っていると、去り行く背中に賢吾が声をかけた。

「おい伊勢崎、遊んでねえで今朝頼んだ分の結果を早く出せよ」

すると、引き摺られるままだった伊勢崎がぴたりと足を止め、組員達の手を難なく払って身なりを整え振り返った。

「夕方まで時間をいただければ、外部に出した調査結果も交えたご報告ができると思います」

「時間がかかりすぎだ。ちんたらしてる暇なんかねえだろうが」

「……一時間後には」

「野崎のじじいから話があるって連絡があった。この後会う約束をしたから、店を手配して連絡しておけ」

「はい、すぐに」

「それから、今週中に終わらせる必要のある案件をまとめて送ってあるから、そっちの対応もしとけよ」

矢継ぎ早に伊勢崎に命令する賢吾を見ていられず、佐知は「おい」と肩に乗った賢吾の顔を肩ごと揺さぶる。

「伊勢崎をこき使いすぎだろ」

「今更何言ってんだ。これがこいつの仕事だ」

「そうだけど、お前、上司として最低だぞ？　もうちょっと配慮ってものが――」

「こいつが、仕事の内容に文句でも言ったか？」

「いや、別に言ってないけど」

「俺に仕えるのはうんざりだって？」

「言ってない言ってない、そんなことは言ってないけど〜」

何だか雲行きが怪しくなってきた気がして慌てて否定したが、賢吾はふんと鼻を鳴らして伊勢崎を見た。

「別に、俺より仕え甲斐がある相手がいるなら、いつでも辞めて構わねえんだぞ」

賢吾がそう言った途端、伊勢崎の頬がひくりと引き攣って、佐知の心の中はムンクの叫び状態になる。

馬鹿馬鹿馬鹿馬鹿馬鹿！

「ちちち、違うぞ、伊勢崎！　全然違う！　幼馴染み歴三十年ちょっと、ひねくれた賢吾の言動解析専門家の俺の解析によると、これは賢吾のとびっきりのツンであって、その中には多大なデレが隠れているんだっ」

「たとえば？」

「ちょ、ちょっと今は思いつかないけど！　でもほら！　絶対あるから！　どこかにデレがあるから！　おいほら賢吾、早く出せよ！」

「ないもんが出せるかよ」

「……と、本人はおしゃっているようですが？」

「いや、これもほらっ、ツンだから！」

「デレがないなら、それはもうただの本心では？」

「あるある！　ちゃんとあるから！　なあ、賢吾！　あるよな!?」

「こうしてくだらねえことをくっちゃべってる間にも、時間は過ぎてくぞ」

「賢吾！」

お前というやつは、どうしてこんな時に限って空気を読まずにそんなことを言うんだ。

悲鳴のように賢吾を怒鳴りつけたが時すでに遅く、伊勢崎はむっと唇を引き締めてから「失礼します」と頭を下げて去っていってしまった。

「ほ、補佐！　俺達、何でもお手伝いしますから！」

慌てた様子で組員達も伊勢崎の後を追いかけていき、縁側に二人きりになったところで、佐知は背後から巻きついたままの賢吾の頭をぺちりと叩いた。

「痛えな」

「痛えな、じゃないだろ。お前、何であんなわざとらしく嫌な態度取るんだよ」

「俺はいつも通りだろ。おかしいのはお前らのほうだ」

「だってお前、このまま伊勢崎がいなくなったらどうするんだよ」

「どうもしねえよ」

「賢吾、お前どうしちゃったの？」

伊勢崎の有能さは賢吾が一番よく知っているはずだし、プライベートでの付き合いも、元々佐知より賢吾のほうがあった。特に伊勢崎に頼まれて舞桜を助け出して以後、伊勢崎が東雲組に入ることを決めた頃から、二人の付き合いは密になっていたはずだ。

「伊勢崎が考えさせてくれって言ったから拗ねてるのか？」

「お前がやたら伊勢崎に構ってることに関しては拗ねてる」

賢吾は抱きしめた佐知の身体を揺すって、「俺にも構えよ」と不貞腐れた声を出す。

「お前、本当にこのまま伊勢崎が辞めちゃってもいいのか？」

「ああ」

佐知が驚いたのは、振り向いて見つめた賢吾の目に嘘がなかったからだ。賢吾は本気で、伊勢崎が東雲組を辞めてもいいと思っているのだ。

「そうか」

賢吾が本気でそう思っているのなら、佐知にはもうそれ以上何も言えない。賢吾の思いは賢吾のものだ。無理に変えさせるなんてできないから。

でも。でも、だ。

「お前がそうでも俺は違うからな！」

それと同じで、佐知の思いも佐知のものだ。

賢吾が何を考えてそう思っているのかは知らないが、伊勢崎のことをいらないと思っている訳ではないことだけは分かる。

本当はそばにいて欲しいくせに、素直じゃないやつ。

「昨日は賢吾のやつが迷惑かけたみたいでごめんな？」

「ふふ、余裕のない賢吾さんはいつ見ても可愛いですよね」

ランチの終わりに運ばれてきたデザートのチーズケーキにフォークを入れながら、昨日の何を思い出したのか、舞桜が小さく噴き出して笑った。

「佐知と連絡がつかねえ、って仏頂面でやってきて、佐知さんがいないと知った途端に心配げな顔になって、音を切った佐知さんのスマホが白衣の中に入ったままになっているのを見つけた時には般若みたいに怒った顔をして。佐知さんのことになると賢吾さんは表情豊かになるので、見ていて何だか幸せな気持ちになります」

「賢吾の百面相を見ていて幸せになるのか？」

「だって、それだけ佐知さんのことが好きだってことでしょう？」

「……っ」

面と向かってそう言われると、何だか気恥ずかしい気持ちになる。ずずっと紅茶を飲んで誤魔化すと、舞桜はチーズケーキを一口食べて「美味しいですね」と微笑んだ。

「でも、別にお詫びなんか必要ないですよ？」

昼休憩の時間に、佐知は昨日のお詫びを兼ねて舞桜をランチに誘った。少し前に一人で入って美味しかったイタリアンの店だ。

「まあ、お詫びっていうのは口実で、ただ舞桜と美味しいものを食べたかっただけだから。デートだよ、デート」

「佐知さんとデートしたなんてバレたら、賢吾さんに嫉妬されちゃいますね」

「俺が伊勢崎に殺されるの間違いじゃないか？」

二人は顔を見合わせ、どちらからともなくぷっと笑った。

「晴海さんは怒ったりしませんよ」

「舞桜、お前は伊勢崎の嫉妬深さを微塵も分かっちゃいない。あいつは舞桜のことを全部独り占めしたいんだ。あいつに理性ってものがなかったら、今頃とっくに監禁されてるぞ」

「晴海さんが俺をどこかに閉じ込めることがあったとしたら、俺にとってそれが必要な時だと思います」

伊勢崎に全幅の信頼を寄せすぎだ。そう言って諭してやりたいところだが、舞桜のこの信頼があるからこそ、伊勢崎は逆に下手なことができないのかもしれない。

伊勢崎は常日頃から賢吾の佐知に対する執着についてああだこうだと言うが、伊勢崎だって賢吾のことを言えた義理ではない。舞桜が一度行方不明になった時のあの慌てぶりときたら…

…と思い出し笑いをしていると、「おや、東雲さん？」と近くから声がかかった。

振り返ると、声をかけてきたのは史の同級生の保護者である高坂一だった。店員に席に案内されている最中だったようで、足を止めた高坂の背後で困惑した顔の店員が立っている。

「こんにちは、高坂さん。今からランチですか？」

「ええ、もうお腹がぺこぺこで」

へにょりと眉毛を下げてお腹を摩った高坂は、「お急ぎでなければご一緒しても？」と舞桜の隣の席を指差した。

「俺達はもうデザートだけなんですけど、それでもよければ」

「ぜひぜひ！　一人で食べるご飯は味気ないので、少しだけでもお付き合いしてもらえたら嬉しいです」

高坂は子供みたいに無邪気に笑って、「失礼します」と舞桜に声をかけてから席に腰を下ろす。

待ちぼうけになっていた店員がほっとした顔で「お水をお持ちしますね」と去っていこうとするのを呼び止め、先に簡単に注文を終えてから、高坂はようやく一息吐いた顔でこちらを見た。

「お連れの方もいるのに、図々しくお邪魔しちゃってすみません。あ、僕、高坂一と申します。東雲さんとは小学校の保護者会で知り合って――」

「ああ、高坂終くんのご家族の方ですね。いつも碧斗がお世話になっております。俺は吉原碧斗の兄です。舞桜、と呼んでください」

　こういった場合に舞桜が名字を名乗らないのは、碧斗と舞桜の名字が違うことで変な勘繰りを入れられないためだが、伊勢崎的にはきっと面白くないんだろうな、なんてことを考えながら、佐知は黙って紅茶を啜った。

「え、碧斗くんのお兄さんだったんですか⁉　こちらこそ、いつも終がお世話になっております。終は少し気が弱いところがあるんですが、クラスの子に強く言われた時に碧斗くんが代わりに言い返してくれたと感謝しております」

「弟は気が強くて口も悪いので困ってるんですけど、終くんのお役に立てていたなら何よりです。終くんはすごく頭が良くて英語も話せると、碧斗が羨ましがっていました。これからも仲良くしてやっていただけるとありがたいです」

「こちらこそです！」

　テーブルに両手をばんっとついて前のめりに返事した高坂が、はっとした顔でズレた眼鏡を直して座り直した。

「す、すいません……終と仲良くしてもらえると思うと、嬉しくて」

　高坂は申し訳なさそうに頭を掻いたが、その姿に人の好さが滲み出ていて、子供を大事にしているんだなあと佐知は温かい気持ちになる。

「できれば、保護者同士でも仲良くしていただけると嬉しいんですが」

　スマートフォンを差し出しながらのおずおずとした高坂の提案に、舞桜は「喜んで」と笑顔で答えて、自らもスマートフォンを出した。

保護者仲間が増えるのはいいことだ。二人が連絡先を交換している間、何となく店内を見回した佐知は、思わず「あ」と声を出した。それは小さな呟きだったが、同じテーブルにいた舞桜と高坂にははっきり聞こえてしまったようで、二人が佐知の視線に釣られるようにして店の入口に視線を向ける。

「晴海さん？」

「お知り合いですか？」

「ええ……俺がお世話になってる方です」

高坂は「なるほど」と頷いたが、佐知と舞桜が何となく隠れるように頭を下げたのを見て、同じく頭を下げた。

「見つかるとまずい感じですか？」

「いや、別にそういう訳じゃないんですけど」

舞桜と一緒にランチをしているところを見つかったら、本気で伊勢崎に殺される……と、思った訳ではない。ここにいたのが伊勢崎一人だったら、佐知も舞桜も迷わず声をかけただろう。

だが、伊勢崎は一人ではなかった。一緒に店に入ってきたのは、身なりのいい壮年の紳士。

……そう。伊勢崎を引き抜こうとしている、あの栄である。

「舞桜、伊勢崎から何か聞いてるか？」

「いえ。ここのところ忙しくて、家に帰ってきていないので」

こそこそと小声で会話すると、高坂が「しっ、こっちに来ますよ」と唇に指を当てた。

伊勢崎と栄が座ったのは、佐知達の隣のテーブルだった。テーブルとテーブルの間には目隠しがあるので姿は見えないが、耳をすませば声が聞こえてしまいそうな絶妙な場所である。

『やあ、今日はわざわざ呼び出してすまなかったね』

『いえ、お会いできて光栄です』

案の定、二人の声が聞こえてきて、佐知と舞桜は顔を見合わせた。

とっさに隠れてしまったので、今更伊勢崎に声をかける訳にもいかない。こうなったら絶対にバレないように息を潜めているしかないと心に決め、二人は頷き合った。

『電話でも何度か話をさせてもらったが、要望があるなら聞いておきたいんだ。ビジネスというものは互いの意見の摺り合わせが大事だ。全てを叶えるとはいかないかもしれないが、君に納得して来てもらえるようにはしたいからね』

『まさか、私などのためにここまで心を砕いてくださるとは思いませんでした』

『私など、とは随分自分を過小評価した言い方だ。君が今いる場所でも、君を引き留めるためにいい条件を出しているだろうが、私はそれに負けるつもりはないよ』

『……いえ、条件どころか、以前より一層こき使われている有様でして』

伊勢崎の憂鬱そうなため息が聞こえて、佐知の胸がどきりとする。

『それは……ますます君のことが欲しくなるね。君の価値も分からない輩に君の能力を使わせるのは宝の持ち腐れだ』

『こんな私なんかをそこまで評価してくださるとは。……どうしてですか？』

『君はそれだけ有能なんだと、何度言えば分かってくれるのかな？』

『あの時の私を評価してくださっているのは大変ありがたいですが、正直なところ、詳しく私の仕事ぶりを見た訳でもないのにそこまで評価されると、何か裏があるのでは、と勘繰ってしまいたくなるんです』

『なるほど。疑い深いのはいいことだ。それなら、試しに何日か私の私設秘書として働いてみないかい？　そうすれば、私は君の仕事ぶりが見られるし、君も私の仕事ぶりが見られる』

『ありがたいお言葉ですが、現在は仕事に追われておりまして、家にも帰れていないほどなので、時間が取れそうにありません』

『それはまた……彼は君を逃がさないためにわざと仕事を詰め込んでいるんじゃないのかい？生きる上で仕事は必要だが、それが全てを侵食するようではいけない。仕事も大事だがプライベートも大事だ。君は今いる環境に対して盲目的になりすぎている。それが普通だなんて思ったら大間違いだよ？』

聞いているうちに、はらはらしてきた。何も知らずに聞いていれば、確かに伊勢崎の労働環境は最悪だ。いや、知っていて聞いていても最悪なのだが。

そうだな、やっぱり皆（みんな）、伊勢崎に甘えすぎてるんだよな。

伊勢崎が昼夜問わず働いていることを、すっかり当たり前に受け入れてしまっていた自分を反省する。伊勢崎だって人間なのだ。完璧超人（かんぺきちょうじん）みたいに思っていたが、そりゃあ疲（つか）れるし嫌（いや）にもなるだろう。

伊勢崎と話をしなければ。そして賢吾に労働環境の改善を訴（うった）えよう。

遊んでいるように見えるが、賢吾自身もかなりオーバーワーク気味である。夜中まで仕事をしていることもよくあるし、休日だって何かしらしている。自分がそうだから、賢吾は当たり前に伊勢崎のことも使ってしまうのかもしれない。

『……恩があるんです。若には俺の大事な人を助けてもらいました。あの時の俺にはどうしてもできなかったことを、若が代わりにやってくれた。だからその恩を返すために、これまで何を言われても従ってきました』

『その恩のために、人生を犠牲（ぎせい）にするつもりなのかい？』

『…………』

伊勢崎はそれに答えなかった。伊勢崎は今、どんな表情をしているのだろう。こっそり表情を確認（かくにん）できないかと、バレないように伊勢崎達のほうを覗（のぞ）き込もうとしたその時。

「お待たせしました！　ジェノベーゼのお客様！」

「あ、はい！」

突然店員に声をかけられ、慌てた高坂が大声で返事をした。それに反応した伊勢崎がこちらに視線を向けて。

「あ」

「……佐知さん、ここで何をしているんです？」

「え？　あ、いや、ちょっと舞桜とランチを……はは、ははは」

伊勢崎の視線が佐知から外れ、佐知の正面の舞桜を見る。

「すみません、晴海さん」

「……一緒にいるのは誰だ」

不意に伊勢崎の声が低く鋭いものになったのは、舞桜の隣に座る高坂に気づいたからだ。すると伊勢崎と共にこちらをひょいと覗き込んだ栄が、「おや」と意外そうな声を上げる。

「高坂くんじゃないか」

「こんにちは、栄さん。まさかこんなところでお会いするとは」

「……栄さんのお知り合いですか？」

尋ねたのは伊勢崎で、まるで尋問のようなその圧に、高坂は「あ、はい！」と声を上擦らせた。

「ええっと、栄さんとは行きつけのバーが一緒でして。あ、僕は東雲さんと保護者会で知り合いまして、今日はたまたまここでお会いしたので、ご一緒させていただいていたんです」

高坂と栄が知り合いだとは思わなかった。不思議な縁もあるものだ、と佐知が驚いていると、先ほどの態度が嘘のように伊勢崎が友好的な表情で手を差し出した。

「ああ、確か輸入会社にお勤めでしたね」

「ええ、そうなんです……あれ？　僕、言いましたっけ？」

伊勢崎に乞われるままに握手をしたものの、不思議そうな顔でこちらを見る高坂に曖昧な笑顔を返しつつ、佐知はこの野郎と思った。

伊勢崎のやつ、高坂さんのことを調べたな。ただの保護者同士の繋がりだって、ちゃんと説明したのに。

「いつも佐知さんがお世話になっております。それどころか、今日はうちの舞桜までお世話になったようで」

うちの、という部分を強調しているように聞こえてしまうのは、伊勢崎の心情を察してしまうせいだろうか。

「いえ、お世話だなんてそんな。一人で食べるのが寂しかったので、僕のほうが無理を言って仲間に入れてもらったんですよ」

「そうですか。……佐知さんも舞桜も、そろそろ午後の診察の準備をする時間では？」

伊勢崎の言いたいことは分かっている。

とっととここを立ち去れ。

完全に高坂のことを警戒している。舞桜に近づく者は許さない、とでも思っているのだろう。心の狭さが賢吾と同じである。

「ああ、そうか。君達はあの時伊勢崎くんと一緒にいた子達だね」

「ええ、あの……邪魔をするつもりはなかったんですが……すみません」

「いや、君達のほうが先に来ていたようだし、私達のほうこそ君達にこそこそさせることになって申し訳なかったね」

こそこそしていたのは間違いないのだが、改めて突きつけられるとすみませんと繰り返すしかない。

「私としては隠すことは何もないんだがね。正々堂々、彼を口説いているだけだから」

栄が見せた大人の余裕ある笑みに、佐知が思わず見惚れると、伊勢崎が「佐知さん」と窘めてくる。

「若にバレたら殺されますよ」

「違う、今のはほんとに違う。こういう人間になりたいっていう憧れであって――」

「佐知さんには無理です」

きっぱり言うなよ、俺だって傷つくんだぞ。

佐知が密かに拗ねていると、舞桜がスマートフォンを確認して「佐知さん」と呼びかけてきた。

「正蔵さんから、手のひらを切ったから診てもらえないかって連絡が」

雨宮医院は最近、往診の患者からの連絡をトークアプリでも受け付けるようにしていた。緊急時に素早く対応するためだ。正蔵は母親の往診のために連絡先を交換していたので、そこから連絡してきたらしい。

「分かった、すぐに戻ろう」

高坂に「お先に失礼します」と告げて、佐知と舞桜は立ち上がる。伊勢崎と栄をそこに残していくことに一抹の不安はあったが、何より患者が優先である。

「あの、お騒がせしてすみませんでした」

最後にもう一度だけ謝ると、栄は「気にしなくていい」と朗らかな笑みを見せ、「君はお医者様のようだね。患者が待っている。早く行ってあげなさい」と送り出してくれた。

「舞桜」

店を出た佐知は、医院に向かって共に足早に歩く舞桜に言った。

「あの人、すごくいい人だ」

「そうですね。盗み聞きされてたのに、全然怒っていませんでした」

伊勢崎にとって、賢吾以上の存在がいるはずがないと思っていた。伊勢崎と同じかそれ以上の能力を持ち、対等に隣に並んでいられる男は賢吾ぐらいだろう、と。

でもあの人、ものすごくいい人だった。大企業で代表を務められるほどに優秀で、しかもいい人。

「賢吾、負けちゃうかもしれない」

いや、もちろん俺は賢吾のいいところをちゃんと分かってるし、伊勢崎だってちゃんと分かっていると思ってたけど、もしかしたらそうじゃないかもしれなくて、伊勢崎が賢吾のことを分かってなかったら、あの人のほうがいいかもしれないって思っちゃうかもしれなくて、そしたら伊勢崎はあの人を取っちゃうかもしれなくて。

ぐるぐるぐるぐる。考えれば考えるほど、賢吾が不利な気がしてきた。

「賢吾さんだって、いい人ですよ？」

「知ってる。でもあいつのは分かりにくい！」

馬鹿（ばか）賢吾！　どうしてもうちょっと分かりやすく優（やさ）しくできないんだ！

からん、というほんの小さな音に誘（さそ）われるようにして入口に視線を向けた佐知は、店に入ってくる伊勢崎の姿を見つけて軽く手を上げる。

「こっちだ」

「若には何と言って出てきたんですか？」

「邪魔したら一生口きかない」

「それはまた……今頃、ものすごい顔をしているでしょうね」

　賢吾のどんな表情を想像したのか、伊勢崎は苦笑しながらスーツの上着のボタンを外して佐知の隣に座る。ネクタイのノットに指をかけて少し乱暴な仕草で緩めると、馴染みのバーテンダーが最初の一杯に出してきたオンザロックのウイスキーを呷って「ふぅ」と一息吐いた。

「疲れてるな」

「それはもう。人使いの荒い上司のお陰で、寝る間も惜しんで仕事をしているのでね」

　かけていた眼鏡を外して胸ポケットにかけ、ほんの少しスーツを着崩しただけで色気が混じる。見慣れているから忘れがちになるが、この男もずば抜けて顔がいいのだと、店内にいる女性のざわつく気配で思い出した。

「あいつ、またお前をこき使ってるみたいだな」

「それは誤解ですよ、佐知さん」

　伊勢崎が真面目な顔で言ったから賢吾を庇うのかと思ったのに、続いた言葉は正反対で。

「若が俺をこき使っていない時なんかないんですよ」

「……そうか」

　それ以上言える言葉がなくて、佐知は誤魔化す代わりに手元のベリーニをこくりと一口呑んだ。

「それで？　わざわざ俺を呼び出すからには、話したいことがあるんでしょう？」

「俺がただお前と呑みたい気分だとは思わないのか？」

「昼間のことをお聞きになりたいんでしょう？　こそこそ盗み聞きなんかしていたぐらいですし」

「分かってるなら、わざわざ言わせようとするなよ」

グラスを両手で包み込んで唇を尖らせると、「そういう顔をしない」と怒られた。

「あなたがそうやって色気を振り撒くと、店の中の風紀が乱れます」

どの口が言うのか。少し髪も崩してリラックスした空気を出す伊勢崎に、店内の女性達の目は釘付けだというのに。

「何だよ、それ。俺はお前や賢吾と違ってモテないよーだ」

子供の頃から賢吾が告白されるところは何度も見てきたが、佐知はモテたことなど一度もない。バーというのは出会いの場でもあるはずなのに、今夜だってこのバーに入ってからバーテンダー以外に話しかけられもしなかった。

「そう思っているのは佐知さんだけですからね。俺は高校からしか知りませんが、あれだけあからさまに色んな熱量の視線を向けられて、気づかないほうがどうかしていますよ。まあ、気づかなくてよかったかもしれませんが」

「何だよ、色んな熱量の視線って」

「好きにも色々ありますからね。好きだから付き合いたい、好きだから犯したい、好きだから閉じ込めたい、好きだから追い詰めたい」

「いや、二つ目からすでにおかしくない？」

「佐知さんはおかしな人を惹きつけがちなんです。その最たる例が若ですが」

「別に、あいつはおかしくなんかないだろ」

「本気で言っているんですか？　あの人のやったことを全部知ったら、さすがの佐知さんも引くと思いますよ？　今ここでさえ、誰もあなたに声をかけないのはどうしてだと思っているんです？」

「……聞かないでおこうかな」

「それが賢明です」

伊勢崎はふっと表情を崩してグラスに残ったウイスキーを呑み干し、バーテンダーに「もう一杯」と告げる。佐知も手の中のグラスをぐいっと呑み干して同じ言葉を告げようとしたが、それより先に伊勢崎が「ピーチジュースを」と言った。

「おい、何でだよ」

「唇を尖らせない。佐知さんの行動が幼くなっている時は酔っている時です。これ以上酔ってひどいことになっても、俺は連れて帰りませんからね」

いつもなら横暴だと文句を言うところだが、今日は呑むことがそもそもの目的ではない。食い下がるのを諦め、バーテンダーがカウンターに置いてくれたピーチジュースにおとなしく口をつけた。

「伊勢崎は、東雲組を辞めたいのか？」

「ストレートに聞きますね」

「お前相手に腹の探り合いしたって無駄だもん」

「どう思います？」

「質問に質問で返すのって嫌われるんだぞ？」

勿体ぶるなよ、と肩に肩をぶつければ、思いのほか勢いがついたらしく、伊勢崎が呑んでいたウイスキーを零しそうになる。ちなみに佐知の持っていたほうのグラスからは、ピーチジュースがちょこっと零れた。

「へへ、やっちゃった」

「ちょっと佐知さん、やっぱり酔っていますね。俺が来るまでにどれぐらい呑んだんですか」

「そんなに呑んでない。二杯だけ」

佐知は二杯をアピールしようと「ピース」と指を伊勢崎に突きつけたが、伊勢崎は佐知の言葉を無視して零れたピーチジュースを手早く拭き、そばにいたバーテンダーを呼んだ。

「佐知さんに出す酒はアルコールを控えめにしろと言っておいただろう？」

「それが、ここに来る前にどこかで呑んできたようで」

「こら、告げ口するなよ。それに、どこかで呑んできたんじゃなくて、医院を出る時に缶ビールをちょっと呑んできただけだし」

　この店は会員制で外に看板も出ておらず、店内も落ち着いた雰囲気が漂う佐知のお気に入りではあるが、実は賢吾が趣味がてら作ったバーである。

　賢吾はこの店以外で佐知が自分以外と呑むことを許さないが、この店でだって賢吾なしではあんまり呑ませてはもらえない。それが分かっているから、先に雨宮医院の二階にある生家で一杯やってきた訳である。

「どうして呑んできたんですか」

「やっぱさあ、腹を割って話そうと思ったら、勢いって必要だろ？」

「そういう時は相手に呑ませるものなんですよ？　自分が呑んで先に酔っぱらってどうするんですか」

「あれ？　そっか、そうだよな。はは、緊張して俺が呑んじゃった」

「まったく、これだから佐知さんは……危なっかしくて放っておけないんですよ」

「……お前って、いつも俺のこと助けてくれるだろ？」

　伊勢崎は「酔っぱらいはあちこちに話が飛ぶから困る」と呟いたが、身体をこちらに傾けて聞く態勢を取ってくれる。こういうところが伊勢崎は優しい。

　口ではどれだけ憎まれ口を叩いても、行動に優しさが滲み出ている。どんなに怒られてもそこに愛情があることを知っているし、どんなに呆れられても見捨てられないことも分かっていた。

「俺のこと、大好きじゃん」

「自意識過剰も甚だしいですね」

「でもって、賢吾のことは俺よりももっと好きだろ？」

「……どっちがどうなんて、考えたことありませんよ」

「でも、お前にとって賢吾は特別だよ」

伊勢崎という男は本来、誰かの下で使われることを良しとする性格ではない。自分の代わりに舞桜を救ってくれた恩がある。それは確かにそうだろうが、ただそれだけの理由でここまで賢吾に尽くし続けることなどできないはずだ。

「そんでもって、賢吾にとってもお前は特別なの。腹立つことにさあ」

「……お二人の痴話喧嘩に俺を巻き込むのはやめてくださいと、前にも言いましたよ？」

「馬鹿、今はラブの話はしてないの、フレンドシップ……いや？　あれ？　やっぱりラブかな？　なあ伊勢崎、お前どう思う？　ラブだと思う？」

「やめてください、本気で気持ち悪いです」

「何だよその言い方はぁ、賢吾のことを気持ち悪いなんて言ったら許さないぞ！」

「じゃあ、ラブですって言えばいいんですか？」

「は？　ラブなの？　お前、賢吾にラブなの？　聞き捨てならない。賢吾は俺のなの、一生、いや死んだって、もうずっとずっと俺のものって決まってんの！」

「若が聞いたら泣いて喜びそうな台詞ですね」

「賢吾を泣かせていいのも俺だけ！」

「はいはい。分かってますから、とりあえず水でも飲んでください」

いつの間にかカウンターに置かれていたグラスを受け取って飲み干せば、即座にサンドイッチが目の前に現れる。

「空きっ腹にアルコールはよくありません。ほら、まずは食べてください」

「お前、俺のことを子供扱いしてるだろ」

「史坊ちゃんや碧斗のことを言っているのなら、あの子達のほうが佐知さんより遥かに手がかかりませんよ」

「俺は手がかかるって言いたいのかよ」

「実際、ものすごく手がかかっているでしょう？」

「そうやって誤魔化そうとしたって駄目だからな」

「別に誤魔化そうとなんてしてませんから、まずはサンドイッチを食べなさい」

命令口調で言われて、佐知はむっとしつつもサンドイッチを食べ始める。口に放り込んでもぐもぐと無言で食べ終えると、「子供か」という伊勢崎の呟きが聞こえてきた。

「だぁかぁらぁ、俺は子供じゃないんだってば！　俺はただ、お前と腹割って話そうと思ってるだけ！」

「本当に、腹を割って話していいんですか？」

「いい！　俺が許す！」

佐知は大きく頷く。

これまでのことを考えれば、そりゃあ少しばかり伊勢崎にだって賢吾への不満があっても仕方ない。ちゃんと聞いて、二人の橋渡しをして、これから二人が円満にやっていけるようにするのが自分の使命だ。そう考えた。

だが、しかし。

伊勢崎は「そうですか」と一つ頷いて、「では言わせていただきますが」とにっこり笑ってから、何故かすうっと息を吸い込んだ。

「……？」

「あの万年パワハラ上司ときたら報連相なんてそっちのけでいつも勝手なことばかりしてくれやがりますし珍しくおとなしく仕事をしているなと油断したら三秒で行方を晦ませてくれやがりますし捕まえたと思ったら佐知さんに悪い虫がついていてただとか無視されただとか怒ったり嘆いたりで結局仕事はこっちにぶん投げてきやがるんですがどうなっているんですか？」

ここまで圧巻の一息。

「うわあ……伊勢崎くん、すごく肺活量があるねえ……」

「感想はそれだけですか？」

「あんまり早口で驚いて、全然頭に入ってこなかった」

「言いたいことはまだ山ほどありますよ？　そもそも、あんな面倒臭い人は世の中にそうはいません。佐知さんも面倒臭い人ですが、若は更に面倒臭い。何がラブですか、冗談じゃない。いいですか？　俺がいなかったらあなた方なんてとっくの昔に大喧嘩して、今頃キレた若に監禁されてバッドエンドルートまっしぐらでしたからね。佐知さんはもっと俺に感謝するべきです」

「ありが、とう？」

「そもそも、何ですかあの人、人使いが荒いにもほどがあるんですよ、何でもかんでもやれって言っとけばすぐにできているのが当たり前、自分にできることは皆ができるとでも勘違いしているんですかね？　言っておきますが、俺以外があの人の補佐をやっても、数日どころか数時間も持ちませんよ。それなのに感謝の言葉一つもないどころか、二言目にはまだできてないのか？　ですからね」

「ええっと、すみません……？」

「あんなに傲慢で自分勝手で傍若無人で馬鹿みたいな人、他にいませんよ。一人では何もできないくせにいつでも一人で何でもできるみたいな顔して、偉そうにふんぞり返って」

「いや、賢吾はああ見えて優しいところもあるし、色々お前のことも考えて――」

「何が優しいですか。あの人は弱っちいんですよ」

「……っ」

「あんなに厳つい顔をしているくせに、ハートは蚤以下ですからね。どうでもいいような小さなことを気にして、いつまでもうじうじうじうじ、みっともないったらありゃしない。誰があんな男に仕えるんですか？　そんなのは――」

「もういい!!」

　がたん！　と大きな音を立てて、カウンターのグラスが倒れる。グラスに残っていた氷が床に落ちていくのが視界の片隅に映ったが、それどころではない。

　賢吾のハートが蚤以下だって？

　確かに賢吾はああ見えて心配性なところがある。佐知自身がすっかり忘れているようなことをいつまでも覚えていて、そのことで佐知が悲しんだりしないかなんて考えるような男だ。だけど、みっともなくなんかない。それは賢吾の優しさで、相手のことを考えているからこそなのだ。

　それなのに。

　そんなことも分かっていなかったのかと、沸々と怒りが沸いてくる。

「……かだ」

「何ですか？　聞こえなかったので、もう一度お願いします」

「あいつの良さが分からないお前は馬鹿だ!!」

怒りのままにそう叫んで、バーを飛び出した。

何だあいつ、何だあいつ、何だあいつ！

「伊勢崎の馬鹿野郎!!」

通りで立ち止まって大声を出すと、通行人が係わりたくなさそうに佐知を避けていく。ここにゴミ箱か何かがあったら、勢いで蹴ってしまっていたに違いない。

「ああああああ、もう！　あんなやつ知るか！」

佐知は走り出した。そうすることでしか、この胸に渦巻く怒りを抑えることができなくて。


そうして帰宅した佐知を出迎えるのは当然、すでに浴衣に着替えて居間で一杯やっていた賢吾である。

「何だよ、伊勢崎とのデートは楽しかっ……うお、お前何だよ、走ってきたのか？」

何やら嫉妬めいたことを言おうとしていた様子の賢吾は、無言で自分の背中にべったり引っ付いた佐知に驚いて振り返ろうとしたが、それを拒否して佐知は「あいつが悪い！」と叫んだ。

「声がでけえよ」

「何だよあいつ！　全然分かってない！　伊勢崎にだったら賢吾を貸してやってもいいと思っ

てたけど、もう絶対あいつには貸さない！」

「勝手に貸そうとするなよ。珍しいな、喧嘩したのか？」

「俺は悪くない！　あいつが悪い！　あいつが全然分かってないから！」

「分かった分かった。分かったから、とりあえず風呂に入れよ。……伊勢崎がいながら、何でこんなに呑ませてんだよ」

「それ！　お前のそういうのも良くない！　何でも伊勢崎任せにしちゃ駄目だろ！　お前がそんなだから、伊勢崎が取られちゃうんだろ！」

馬鹿馬鹿、と背中をぽかぽか叩いていたら、今度は急に悲しくなってきた。

「そうだよ……このままじゃ伊勢崎を取られちゃうのに」

そうならないために、伊勢崎と話をしようと思っていたのだ。それなのに。

「俺、何であんなこと言っちゃったんだろ……」

伊勢崎に賢吾のいいところをアピールするつもりだった。賢吾だって賢吾なりに伊勢崎のことを大事に思っていると伝えて、もし誤解があるならそれを解くつもりだったのに。

「怒ったり落ち込んだり忙しいやつだな。話は明日、酔いが醒めてからゆっくり聞いてやる。ほら、さっさと風呂に入って寝るぞ」

「やだ。慰めてくんなきゃ寝ない」

佐知がわざとらしくぐすっと鼻を鳴らせば、賢吾は振り返って佐知の顔を覗き込んでから、よいしょと佐知の身体(からだ)を持ち上げて自分を跨(また)いで座らせる。

正面で向き合う形で顔を合わせると、賢吾に鼻をつんと突(つつ)かれた。

「今度は何をやったんだ」

「俺が何かやった前提で聞くな」

「違うのか？」

「違わないけど」

むすっと唇(くちびる)を尖(とが)らせる。

「賢吾が悪いんだぞ。賢吾が負けそうだから」

「負ける？　何にだよ」

「栄さん。だってあの人、すごくいい人なんだもん。俺はね、ちゃんと分かってるよ？　お前のいいところいっぱい知ってるし、もちろん伊勢崎だって知ってると思ってたし。でも、でもさ、伊勢崎、お前のいいところ分かってなかった。絶対分かってると思ってたのに、そのはずなのに、あいつ全然分かってなかった」

「それで、伊勢崎にキレてきたんだな？」

「だって、あいつが全然分かってないから！……つい、『あいつの良さが分からないお前は馬鹿だ』って……」

「怒鳴(どな)ってきたのか」

「うん……」

「馬鹿だなあ、お前」

「うん」

　本当に馬鹿だ。佐知がしょんぼりすると、賢吾はくくっと笑い声を上げる。

「俺のことで、そんなに怒る必要なんかねえだろ」

「必要ある！　だってお前は最高なんだ！　優しいし、強いし、恰好いいんだぞ！　それなのに、伊勢崎は全然分かってない！」

「そうか。お前がそう思っててくれて、嬉しいぞ」

　下から掬い上げるようにキスをされる。宥めるような優しいキスにうっとりとしたが、唇が離れるとまたすぐにしょぼんとしてしまう。

「俺のせいで、伊勢崎が辞めちゃうかも」

「伊勢崎が辞めるのは伊勢崎自身の決断だ、お前のせいじゃねえ」

「でも」

「佐知、ほら……キスに集中しろ」

　ちゅっと合わさった唇を割って、舌が入り込んでくる。それを受け入れて舌を絡めると、ぷつり、とワイシャツのボタンを外す音が聞こえた。

「賢吾、する？」

「駄目か？」

「ううん。でも、走ってきたから汗かいてるだろ？　風呂に入ってから――」

「いい、このままで」

ぱさっと押し倒される時だって、背中に座布団が当たる。佐知に痛い思いをさせないための賢吾の気遣い。体重で佐知を圧し潰さないように、密着しているように見えてどこかで自分の身体を支えている。

「賢吾のハートは、蚤なんかじゃないからな？」

「伊勢崎のやつ、そんなこと言ったのか？」

「伊勢崎なんか知らない」

むっと唇を尖らせると、口角を上げたままの唇が触れてくる。

「言ってくれるなあ、あいつ」

「笑い事じゃない」

「俺の分まで、お前が怒ってきてくれたんだろ？」

ワイシャツを脱がされ、賢吾の手が直に佐知の肌に触れた。ぺろりと佐知の唇を舐めてから、賢吾の舌が頤を這い、喉仏を舐め、辿り着いた胸の尖りをしゃぶる。

「ぁ……っ、汗、臭いって……」

「ちょっとしょっぱくて、興奮する」

「……ばか」

ちゅぷちゅぷと赤ちゃんみたいに吸いつかれると、もどかしさに身体が揺れた。

「あ、さ、触って……っ」

興奮で張りつめたそこに賢吾の手を導くと、下着の中に入り込んできた指がすでに濡れている先端を摘まむ。それだけで腰が抜けそうなぐらいに気持ちいいのは、その先に待つ快感をすでに知っているからだ。

「すぐにでも出そうだな」

「で、出る、出ちゃう、から……っ」

男の本能として、出したくなるのは自然なことだ。

セックスにおいて、恥ずかしがるのは相手に失礼なことだ。賢吾にそう教えられてなるべく恥ずかしがらないようにはしているつもりだが、普段の佐知はやはり羞恥心が少し勝ってしまうこともある。

だが、酒に酔うと別だ。いつもより大胆に快感に身を委ねて、素直に賢吾に強請ることができる。

「賢吾……」

腰を突き出し、目で訴える。賢吾は佐知の欲望を正しく受け取って、ぺろりと舌舐めずりしてから佐知のそこに顔を埋めた。

「ひ、あ、あ、つよ……ぁ、んんっ」

じゅぶっと強く吸いつかれて内腿が戦慄く。暴力的なまでの快楽に指を噛んで耐えているうちに、滑りを纏った指が奥に入り込んできて、前と後ろ、両方から与えられる快感に、どうすることもできずに翻弄される。

「佐知、ここがすげえ張ってるな」

びんと張りつめた性器の裏筋を舌でついっと撫でられ、舌から受ける刺激と賢吾に舐められているという視覚的な刺激で、ひゅくりと先端から蜜を零してしまった。

「あ……」

飛んだ白濁が賢吾の顔を濡らす。それがあまりに淫靡で、くらくらした。

「我慢できないなんて、悪い子だぞ。俺を置いて一人で達ったら、罰を受けてもらおうかな」

ぐにゅり、と奥を穿つ指を動かされ、先端を口に含んで弄ばれる。

「ひ、ひ、ぁ、ぁ、駄目、達く、いくから、早く、あ、あ、入れ……だめだめ、いくって、いくって言ってる、のに……っ、あ、ア……ッ！」

我慢したいと思っても、奥の善いところを穿つのと一緒に唇で擦られれば、抵抗などできようはずもない。

「ア、ア……ッ、いった、達った……もう、出ちゃったからっ、あ、あ、だめだって、もうだめ、あ、あ」

達したのにそのまま吸いつかれ、佐知の身体が小刻みに震える。達した後に更なる快感を与えられると、これが善いのか苦しいのか分からないほどで。

ひくんひくんと身体を揺らすと、賢吾の指が奥から抜けて、ようやく許されたとほっと息を吐いたのも束の間、空いたばかりのそこに硬いものがずんと入り込んできた。

「あ、あ、待て、今はだめっ、やめ、あ、ア、ぁっ、あぁ……」

抵抗を許されないまま突き上げられ、ぶしゅりと性器から飛沫が上がる。さらりとした液体が腹を濡らすのもお構いなしで、賢吾は何度も強く腰を突き入れてきた。

「また、先に達った、な……お仕置きだぞ、佐知」

「あ、だって、ぁ、あ、だって……っ」

「一緒に達けるまで、終わりはなしだ」

「え？　あ、あ、やだっ、達ってる、いって、もうやだ、ぁっ、あ、また、あ、あっ」

恐ろしい宣告の通り、本当に一緒に達くまで終わりは来なかった。

最後の最後には、佐知は啜り泣きながら自分の性器を押さえ、「出して、あ、おねが……出し、て……！」と懇願することになったのである。

「あいつの良さが分からないお前は馬鹿だ、か。伊勢崎のやつ、どんな顔してやがったのかな」

気を失った佐知を風呂に入れながらの賢吾の呟きは、誰にも聞かれずに湯に溶けた。

何だかものすごく腰が痛い。

昨夜、伊勢崎と喧嘩して走って帰ったことは覚えている。だが、走ったことで酒が回ってしまったのか、その後の記憶がひどく曖昧だ。

賢吾がいて、何か言ったのは覚えている。それからキスをして、賢吾に押し倒されて、それから――

「駄目だ、思い出せない」

朝から何度も思い出そうとしているが、記憶にもやがかかったみたいに思い出せない。一つだけ言えるのは、朝の賢吾が上機嫌だったから、何だかひどく恥ずかしいことになったに違いないということだけだ。

「いっそ、思い出せないほうが幸せかもしれない」

午前の診察が終わったばかりの診察室。デスクで佐知が頭を抱えていると、珍しく朝から上の空だった舞桜が入ってきておもむろに言った。

「晴海さん、もしかしたら栄さんのような人がタイプなのかもしれません」

「え?」

どうやら午前中ずっと、舞桜はこの話がしたくて仕方がなかったらしい。前置きもなく話し出すのは大変珍しいことで、それだけ舞桜が切羽詰まっているということなのかもしれない。

「昨日の晴海さん、何だかすごく可愛かったじゃないですか。栄さんには弱みを見せられるというか、甘えられるというか」

「甘える？」

「何だか全体的に甘えている感じがしたんです。弱音を吐いてたし、俺なんか、なんて晴海さんが言うのは滅多にないことだし」

「確かに……」

言われてみればそうかもしれない。あの伊勢崎からいやみや謙遜以外で俺なんかという言葉を聞くなんて、舞桜絡みでなければあり得ないことだ。

「あの後、晴海さんに電話したんです。そうしたら晴海さん、ものすごく栄さんのことを褒めてました。晴海さんが誰かをあんなに褒めるのも、俺、初めて聞いた気がします」

「そ、そうなのか」

すっかり伊勢崎は栄の虜になってしまったのか？　改めて昨夜の自分の態度のまずさに頭を抱えていると、舞桜が言った。

「俺も、髭とか生やしたほうがいいんでしょうか？」

「へ？」

「ああいう年上で落ち着きのある人が晴海さんのタイプだなんて知りませんでした。今更年上にはなれませんけど、せめて見た目だけでも近づけたほうがいいのかなって」

「舞桜、それは違うと思う。ほんとに違うと思うから、絶対にやめて」

伊勢崎がそのままの舞桜を誰より愛しているのは言うまでもないし、舞桜が髭を生やしたところで栄には絶対にならない。

お伽噺に出てくる王子様のように美しい舞桜の顔に、くるんと巻いた口髭が生えているのを想像してみた。……うん、駄目だ。可愛いけど、栄とは大分方向性が違う。

「舞桜は舞桜のままでいいんだ。伊勢崎に絶対言うなよ？　たぶん泣くから」

自分と栄の関係を疑われたなんて知ったら、きっと伊勢崎はショックを受けるはずだ。

「でも……してもらうばかりじゃなくて、俺も晴海さんのために何か努力をしたいなって」

「努力の方向を著しく間違ってる。そんなことをするぐらいなら、愛してるって飛びついてキスでもしたほうが、何百倍も喜ぶと思うぞ？」

「それは……ちょっと俺にはハードルが高いです」

舞桜が頬を赤らめる。髭を生やすより、愛してるって飛びついてキスをするほうがハードルが高いのか。伊勢崎の私生活はまだまだ甘さとは遠いようだ。……なんてことを考えていたら、舞桜のスマートフォンが着信を知らせる。

看護服のポケットからスマートフォンを取り出した舞桜は、画面を見るなり「碧斗!?」と驚き、思わず時計で時間を確認した。きっと画面にも時間が出ているだろうが、人間は驚くと冷静ではいられない生き物である。

「今、学校に行ってる時間のはずだろ？」

史と碧斗の通う小学校では、子供用のスマートフォンが禁止されていない。もちろん様々な制約はあり、校内で電源を入れることも許されないが、子供が持つこと自体は認められていた。

碧斗はキヌが入院することもあるので、小学校に入った時から伊勢崎が子供用のスマートフォンを持たせている。

「緊急事態かもしれない。とにかく通話が切れる前に出たほうがいい」

「は、はい」

舞桜がスピーカーにして通話をオンにすると、『もしもし!? まお、おそい！』と息せき切った碧斗の声が聞こえてきた。

「碧斗、今は授業中のはずでしょ？　一体何をして――」

『それどころじゃないんだってば！　はるみがおんなとうわきしてる！』

「えええ!?」

「落ち着け、舞桜。おい碧斗、お前今どこにいるんだ？」

『あれ？　さちか？　おいふみ、さちもいっしょだってよ！』

『さち？』

「史!? 史も一緒にいるのか!? お前達、学校はどうしたんだ！」

『それどころじゃないよ！　だっていせざきさんがきれいなおねえさんとほてるにはいってい

ったんだよ!?』

「ホテル!? こら史! そんな不健全なところから早く離れなさい!」

『ふけんぜん? ふけんぜんってなに?』

『おいさち、ふみにへんなことというなよ! おれたちべつにへんなほてるになんかいってないからな! ほら、いつもいくこうえんのちかくにあるおっきなほてる! あそこにはるみがおんなとはいってくのをみたんだよ!』

「何でそんなところにいるんだ!」

浮気ときて女ときたらラブホテル。安易な自分の思考を恥じる。

『しらないよ! おんなとはいってったんだもん!』

「お前らがだよ!」

『あのね、ぼくとあおと、ひるやすみにこうていでてつぼうしてあそんでたの。そしたらね、いせざきさんがあるいていくのがみえてね、ちょっとおどろかせようとおもってふたりでこうていからこえをかけようとしたら、だれかとでんわではなしてたの』

『それでぬすみぎきしたら、あいつだれかとほてるでまちあわせしててさ! こうなったらげんばをおさえてとっちめてやろうっておいかけてきたんだけど』

「碧斗! 盗み聞きなんてしちゃ駄目でしょ!」

『なにいってんだまお! これはいちだいじだぞ!』

『そうだよまおちゃん！　ぼくたちおこられてもいいから、まおちゃんのためにいせざきさんにうわきなんかやめなさいっていってやろうとおもっておいかけてきたの！』

『でも、おれたちだけじゃほてるにはいれないんだよ！　ほてるのいりぐちにいるおっさんたちがいれてくれない！』

「当たり前だ！　子供だけで入れてくれる訳ないだろうが！」

もうすぐ昼休みが終わる。そうしたら先生が気づいて大騒ぎになるだろう。

「いいから今すぐ学校に戻りなさい！　お説教は後でゆっくりするからな！」

『だめだよ！　とにかくいますぐここにきてってば！』

『そうだぞ！　きてくれるまで、おれたちここをうごかないからな！』

ぷつ。

「あ、この野郎！　勝手に切りやがった！」

すぐさまもう一度かけ直したが、何と電源を切られている。

「碧斗のやつ……！」

「佐知さん、とにかく行きましょう！　早くしないと昼休みが終わっちゃいます！」

「ああ、もう！　そもそも伊勢崎が女とホテルになんか行くから悪いんだからな！」

勢いのまま叫んで、あ、と舞桜を見る。

「違う違う、大丈夫、伊勢崎に限って浮気なんか絶対にあり得ないから」

「やっぱり、髭を伸ばしたほうがいいのかもしれない」

落ち着いて、舞桜。伊勢崎が女性と浮気したなら、髭はまったく関係ないから。

「碧斗！」

碧斗が言っていたホテルに息せき切って駆けつけると、ホテルの入口でドアマンらしき男の人に捕まっている碧斗と史の姿を発見した。

「おそい！」

佐知達を見るなり碧斗はそう叫び、史は慌てて佐知に飛びついてくる。

「さち、はやくなかにはいろ！ いせざきさんのうわきのしょうこをみつけないと！」

「まおというものがありながらうわきするなんて、とっちめてやる！」

わあわあと騒ぐ史と碧斗を横目に、佐知は「本当にすいません！」とホテルの人に頭を下げた。

「保護者の方ですか？ どうやら小学校を抜け出してきたようで、心配していたんです」

「小学校にはこちらから連絡を入れましたので」

平身低頭の佐知に、「お気になさらず」と両手を見せてからドアマンが去っていく。

「え⁉ がっこうにれんらくしちゃったの⁉」

「当たり前だろ！」

「おこられちゃうじゃんか！」

「怒られるのも当たり前だ！」

碧斗と史がガーンという顔をしたが、同情の余地がない。

「パパにもちゃんと報告するからな。怒られる覚悟をしとけよ」

「えー！　やだよさち、ぱぱにはだまってて！」

「おいおい史、俺だけ仲間外れにするつもりか？」

「え？」

声に振り返ると、そこには賢吾の姿があった。のんびりしているように見えるが、髪が少し乱れているからおそらく急いで来たのだろう。

「組員から、史と碧斗が学校から抜け出したって連絡があってな。勝手なことやらかして、覚悟はあるんだろうな、史」

史の前でしゃがんだ賢吾が凄むと、史は「だって！」と言い訳を始める。

「いせざきさんがうわきしてたから！」

「浮気？」

「おんなのひととまちあわせしてたんだよ？」

「そうだそうだ！　さかえさんっていってたんだ、まちがいないぞ！」

「栄さんだって？　馬鹿(ばか)、それは男の人だ！」

「え？　そうなの？」

「でもでもっ、だって、いせざきさん、おんなのひとといっしょにほてるにはいっていったもん！」

「そうだぞ！　なんかかみのながいこわそうなおんなといっしょにはいってった！」

「分かった分かった。とにかく俺達が後で確かめといてやるから、お前らは小学校に戻れ」

賢吾の言葉に、史と碧斗の表情が暗くなる。

「どうしても、もどらなきゃだめか？」

「あのね、せんせい、おこるとすごくこわいんだよ？」

「怒られて当然のことをしたんだから、しっかり怒られてこい」

「舞桜」と声をかけ、賢吾はしゅんとする二人を舞桜の前に押し出した。

「こいつらを学校まで送り届けてやってくれ」

「はい、分かりました。ほら、二人共行くよ」

「はーい……」

さっきまでの勢いはどこへやら、すっかりしょぼくれた二人が、舞桜に連れられて去っていくのを見送ると、賢吾は「じゃあ、帰るか」と言って佐知を驚(おどろ)かせる。

「え、帰るの⁉」

「そりゃあ帰るだろ」

「いや、でもお前さっき、確かめといてやるって史と約束しただろ？」

「伊勢崎が一緒にいた女ってのは石井だよ。今日は元々あの女と会う予定になってる」

「でも、史達が栄さんの名前を聞いたって」

「打ち合わせに同行してくるってことなんじゃねえの。別に後で伊勢崎本人に確かめりゃいいだろ」

「それは、そうだけど……」

ホテルの中で、伊勢崎が栄と会っているかと思うと落ち着かない。舞桜が好みのタイプなのでは？　と疑うほど、伊勢崎は栄に心酔しているのだ。栄と会えば会うほど、伊勢崎の気持ちが栄に傾いてしまうかもしれない。

「せっかくだから、ホテルで休憩してくか？」

「馬鹿か」

賢吾はどこまでもいつも通りで、そのことをあまりにも不自然に感じた。

あまりにいつも通りすぎて、かえってわざとらしい。無理にいつもの自分を装っているような、そんな気がする。

「なあ賢吾、お前何考えてんの？」

「……何だよ、急に」

「言えよ、お前がごちゃごちゃ一人で抱え込んでること全部」

伊勢崎のことをどうでもいいなんて思っちゃいないだろ？　お前にとって伊勢崎は、とっくの昔に家族じゃないか。

「どうせ、馬鹿みたいなこと考えてるんだろ」

「馬鹿って何だよ、馬鹿って」

「伊勢崎がお前のことを面倒臭いって言ってたけど、確かにお前って面倒くさ――」

話している最中にはっと気づいて、佐知は賢吾を柱の陰に連れ込む。

「おい、急にどうした。キスでもしたくな――」

「しっ！」

賢吾の口を手で押さえ、もう片方の手で静かにしろとジェスチャーする。

「押しかけてすまなかったね。今日もいい返事をもらえなくて残念だよ」

「いえ、こちらこそせっかく来ていただいたのに、申し訳ありません」

聞こえてきたのは、栄と伊勢崎の声だ。賢吾が気づいて仕方なさそうに肩を竦めたのを確認してから、賢吾の口を押さえていた手を外す。

「条件としてはうちのほうが遥かにいいと思うが、辞めるのを躊躇する理由が何かあるのかい？　たとえば脅されているとか」

脅されている、という言葉にむかっとした。

賢吾はそんなことをしたりしない。そうは思ったが、極道に対する認識なんか、皆そんなものかもしれない。そういうことをしない賢吾のほうが、極道としては間違っているのかも。そういう賢吾が好きだが、栄が知らなくても無理はない。

「恩が、あるんです」

「昨日もそう言っていたね。だが、恩のためにその後の人生全てをかけるなんて、馬鹿馬鹿しいとは思わないか？」

「………」

栄の言葉に、伊勢崎は何も返さなかった。

その時である。

「確かに馬鹿馬鹿しいな」

そう言ったのは賢吾だった。

「おい！」

慌てて佐知が怒鳴ったところで手遅れで、賢吾は一歩、二人のほうへと踏み出してしまう。

「……盗み聞きとは。お行儀が悪いですよ、若」

「ちち、違うんだ、これには事情があって――」

「佐知さん、二日も続くと、さすがに偶然だなんて言い訳は通用しませんよ？」

「今回は偶然じゃないんだけど、わざとでもなくて！　ちゃんと説明するから！」

「わざわざ後をつけてくるなんて、相当彼のことが心配らしい。恩に着せて縛るというのが、君達のやり方かい？」

伊勢崎と賢吾の間に、栄が立った。伊勢崎を庇うその素振りに、佐知の心に違和感が広がる。いつだって、伊勢崎が立つのは賢吾の側だった。まるで二人が敵対しているみたいで、何だか落ち着かない。

「そいつが勝手に恩に感じてるだけだ。そんなくだらねえもんに縛られるなんて馬鹿馬鹿しい。そんなのが理由なら、とっとと辞めちまえよ」

「賢吾！」

どうしてそんなに冷たい言い方をするのか。

「彼はそう言っているが、どうする？」

「……行きましょう、栄さん。お送りします」

「分かった。君に免じてここはおとなしく引くとしよう。……それでは、ごきげんよう」

栄は賢吾に余裕の笑みを見せて、伊勢崎と共に去っていった。

栄に寄り添うように去る伊勢崎の後ろ姿に、どうしても違和感を覚える。振り返ってこちらに戻ってこないか、と思ったが、佐知の視界から消えるまで、伊勢崎が振り返ることはなかった。

「お前、何であんなこと言ったんだ」

あんなことを言ったら、伊勢崎が腹を立てると分かっていたはずだ。どうしてわざと怒らせるような行動ばかりするのか。

佐知が胸倉(むなぐら)を掴(つか)むと、賢吾は一つため息を吐(つ)いてすっと視線を逸(そ)らす。

「俺は、あいつの人生の足枷(あしかせ)にするつもりで、舞桜を助けた訳じゃねえ」

「お前……」

その言葉でようやく、賢吾がどうしてあんなおかしな態度ばかり取るのか、佐知にも理解できた。

ああ、そうだった。賢吾はそういう男だった。

「お前、馬鹿じゃないのか」

そんでもって、伊勢崎のことが大好きじゃないか、馬鹿野郎(やろう)。

伊勢崎は賢吾に舞桜を助けてもらったことに恩を感じているが、賢吾という男はそもそも、恩に着せるために誰(だれ)かを助けるような人間ではない。

賢吾は伊勢崎が恩を返すために東雲組にいることを知っていて、いつでも解放してやるつもりでいたのだ。そうして今回、その機会が訪(おとず)れた。賢吾にとっては、ただそれだけのこと。

「お前ってほんとに分かりづらい」

「はあ？　俺は思ってるままを言ってるだけだ」

「そうかもしれないけど、圧倒的(あっとうてき)に言葉が足りない。そんでもって優(やさ)しさに溢(あふ)れすぎ」

お前、極道なんだろ？　それなのに、あんなに優秀で、お前のことを何でも分かってて、ある意味では俺より分かり合える部分がある男を、あいつ自身の幸せのために手放しちゃうんだ。それが愛じゃなくて何だ。

「そんなんじゃねえよ、何だよ優しさって、気持ち悪ぃな」

「照れると早口になるよな」

「うるせえ」

「伊勢崎がいなくなったら、寂しいくせに」

「……別に補佐じゃなくなっても、友達ってやつにはなれるんじゃねえの」

明後日の方向を見たまま、そう言った賢吾の耳が赤い。

「友達！　賢吾の口から友達って言葉を聞くとはねー！」

「うるせえな、だからお前に言いたくなかったんだよ」

「何でだよ馬鹿、俺に言わなくて誰に言うんだよ、むしろもっと早く言えよ馬鹿」

「馬鹿馬鹿言うな」

「ほんと馬鹿！」

それでもって愛おしい。その気持ちのまま、賢吾に抱き着く。

「うわっ、危ねえだろ、酔っぱらってんじゃねえだろうな」

「なあ、職業が極道じゃなかったら、伊勢崎に行くなって言えたのか？」

「…………」

賢吾はしばらく黙り込んだが、佐知がじっと顔を覗き込んで辛抱強く返事を待つと、渋々といった様子で口を開いた。

「俺は好きで極道をやってる。組員のやつらは、行くところがなくてうちに流れ着いたってのも多い。けど、あいつは違う。野心もそれなりにあって、それに見合う能力もある。別にこっちの世界に居続ける必要はねえだろ」

極道の世界は危険と隣り合わせだ。それが分かっているから、戻れるなら表の世界に戻るべきだと、賢吾はそう思っているのだ。

もしかして、組を継ぐという史の言葉に乗り気じゃないのも、同じ理由なのかもしれない。史が大人になればいつだって、賢吾は史を自由な世界へ送り出すつもりでいる。

「舞桜を助けたのは、ただ興味があったからだ。あの伊勢崎が入れ込むやつがどんなやつか見てやろうと思っただけで、それ以上に何か考えてた訳じゃねえ。けど、あいつにとっての舞桜は俺にとっての佐知だった。あいつはてっきり表の世界でのし上がってくんだろうと思ってたのに、東雲組に入るって言い出してきかなくてな」

「それで、入れてやったのか？」

「伊勢崎の家は地元じゃそれなりに有名な家で、あいつは舞桜を引き取った時にその家とも絶縁してる。その状況で舞桜を引き取って生きてくのは大変だろうし、しばらく面倒見てやるのか。

賢吾にとっては、伊勢崎と舞桜の一時的な逃げ場所になっただけのつもりだったということも悪くねえなって思ってな」

「けどまあ、あいつはどれだけこき使っても辞めるって言わねえし、どんどん組にとって必要な人材になってくしで、あいつがいいならこのままでもいいのかもなって思ってたんだが」

「伊勢崎に、表に戻るチャンスが来ちゃった、と」

「いい機会だろ。あいつはもう充分に恩を返したと思わねえか？」

「本当に馬鹿だな、お前」

ぎゅっと抱きしめて、よしよしと頭を撫でる。

「伊勢崎の幸せばっか考えて、馬鹿なやつだよ」

「……別に、そんなんじゃねえよ。あんな口うるせえ補佐なんか、とっとといなくなっちまえばいいんだ」

「口うるさいもんなあ、伊勢崎は。いなくなったら寂しくなるぞー」

「……なるかよ、清々すらぁ」

声に力がなかったから、どう考えても強がりだ。

「お前は本当に愛おしいなあ、賢吾」

伊勢崎、お前ってすごく賢吾に大事にされてるぞ。

「でもなあ、賢吾」

「何だよ」

「あんなに喧嘩腰に伊勢崎煽って追い出したら、お友達なんて無理だと思わないか？」

「あ？」

「お友達でいたいなら、もうちょっと態度を改めような」

「……別に、友達でいてえなんて言ってねえし」

顔を見られたくないのか、賢吾は佐知をぎゅっと抱きしめて肩口に顔を埋めてきた。

「……友達は無理そうか？」

「今のやり方じゃ、無理だなあ」

「……そうか」

あ、ちょっと声が落ち込んだ。

「もっと早くに教えてくれたら、俺だって一緒に考えたのに」

「お前は伊勢崎を辞めさせたくねえんだろ？」

「まあ、そうだけど」

賢吾の本心を聞いて、ますます辞めさせたくなくなったけど。

だって賢吾は分かっていないのだ。確かに極道でいるより表の世界のほうがいいのかもしれない。でも伊勢崎が本当にそう望んでいるかは、別の話だ。

「表の世界だったら必ずしも幸せになれて、賢吾と一緒にいたら幸せになれないって決まってる訳じゃないだろ？」

「何だ、俺を丸め込もうとしてんのか？」

「違うよ。そもそも、お前のその理屈で言ったら俺だって——」

「駄目だ」

「え？」

「だから、この話をお前にしたくなかった」

佐知の肩口に顔を押しつけたまま、賢吾は苦渋の声で呟いた。

「お前のことは離せねえ。お前に係わらねえのが一番お前のためになるって分かってるが、それでもお前のことだけは諦められねえ」

その言葉を聞いて、佐知は思わず笑い出してしまう。

「おい、何笑ってんだよ」

「賢吾がものすごく可愛いこと言うからさ」

俺のことだけは離せないんだ、お前。俺のことだけは、諦められなかったんだ。

伊勢崎や史が旅立っていくことは許せても、俺が離れることだけは耐えられないのか。何て、何て可愛いやつ。

「お前となら俺は、地獄に堕ちてもいいよ」

頭を横に傾け、顔を上げない賢吾の頭にぶつける。

「どこに行く時だって、俺のことだけは離さなくていい」

だから、俺にだけはどんなに辛いことも悲しいことも、全部安心して曝け出せ。

「その言葉、忘れねえからな」

「忘れたらぶっ飛ばす。死ぬ時は一緒に連れていけって言っただろ？」

賢吾がようやく顔を上げる。

「恰好悪い俺も好きか？」

「むしろ大好物だな」

何だそりゃ、と賢吾が笑うから、佐知も笑った。

本当に不器用な男だ。でも、そういう賢吾が愛おしい。


「自分が何をやったか、分かってるな？」

「……はい」

神妙な顔で賢吾に叱られているのは史である。

あの後学校に戻って先生にこっぴどく怒られたらしい史は、帰ってくるなり今度は賢吾からのお説教を受けていた。

賢吾が史を叱ることは、実はあまりない。どちらかと言えば佐知のほうがよく史を叱っていて、賢吾はそれを宥める側でいることが多かった。そんな賢吾に叱られて、史はさっきからべそをかいている。

「お前達のやったことで、どれだけ皆に心配をかけるか考えなかったのか?」

「ごめ、ごめんなさい……う、ぅ……ぼく、いせざきさんがとられちゃうと、おもって、ひ……ひっ……うぅ……」

伊勢崎のことを心配していた史のことを考えれば可哀想だが、だからといってここで甘い顔はできない。

昼休みに小学校を抜け出すなんて言語道断である。……ちなみに、佐知と賢吾も小学校の頃に昼休み中に抜け出したことがある。当然、こっぴどく怒られた。

「いきなりいなくなったら、誘拐されたか、それとも事故にあったかって皆心配するだろう? 現にお前らが抜け出したことに気づいたヤスが、泡食って俺に連絡してきたんだぞ」

そうだ。あの時の佐和と京香の怒りの理由が、今ならちゃんと分かる。あの時の二人に謝りたい。本当に心配をかけてすみませんでした。

「もうしない、ひ、う、うぅ……もうぜったい、ひっ、しない……っ」

「いいか、史。世の中はいいやつばかりじゃねえ。お前らなんか、悪いやつに見つけられたら抱えてそのまま連れてかれちまうんだ。お前達を守るために、学校の決まりはある。叱られるからじゃねえ、自分を守るために、決まりを守るんだ」

「ぼ、ぼく、ぱぱにしんぱいかけた？」

「ああ。お前が急にいなくなったって聞いたから、ホテルまで駆けつけたんだぞ」

「う、うう、ごめんなさいぃぃぃ、ぼく、ちゃんと、だいじに……ひっ、ひ、じぶん、だいじに……うえええええええん！」

飛びついてきた史を受け止めて、賢吾がしゃくりあげる背中を撫でた。

「分かればいい。もう二度とするなよ」

「うん……！」

許された途端、史がえへへと嬉しそうに笑う。泣いた烏がもう笑った。あまりの切り替えの速さに本当に反省しているのかと疑いたくなるが、子供は大抵こんなものだ。

反省する姿勢を見せろ、なんて思うのは大人に限った話で、子供にはそんなものは通用しない。そもそも許したのなら、その後もめそめそしていて欲しいと思うほうが間違っている。反省したかどうかは、その後に同じことをしないかどうかであって、その時の態度で決まる訳ではないのだから。

しばらくしてしゃくりあげていたのが治まると、史はすっかりいつもの調子を取り戻した。

「ねえ、そういえばぱぱ、いせざきさんはだいじょうぶだった？　うわきしてなかった？」

「ああ、ただの仕事の相手だ。相手がホテルに泊まってるから、下のロビーで打ち合わせをしたってよ」

「なんだそっか、じゃあぼく、いせざきさんにもあやまらなくちゃ。うわきをうたがってごめんなさいって」

「誰に何を謝るんですか？」

声に驚いて振り向くと、いつの間にか居間の入口に伊勢崎が立っている。

居間の戸を開けっ放しにしていたので気づかなかった。足音もしないなんて、やっぱり忍者か？

「あ、いせざきさん！　あのね、ぼくとあおとがね――」

「知っていますよ、学校を抜け出したらしいですね。言い出したのは碧斗だと聞きましたが、史坊ちゃんも止めなければいけませんよ」

「うん、ごめんなさい」

「あなた達を大事に思っている人を心配させないように」

それから、と伊勢崎の声が低くなる。

「私は間違っても浮気などしませんので、余計な心配はしないように」

「は、はい」

ぴゃっと史の背筋が伸びて、佐知は史の心中を慮った。分かる、分かるぞ、史。伊勢崎が怒ると怖いよな。

声を荒らげたり表情を変えたりすることはないが、伊勢崎が怒る時は賢吾とはまた別の怖さがある。

「何か用があったんじゃねえのか？」

「明日、休みをいただきたいと思いまして」

「やることをやってるなら、勝手にしろ」

「では、勝手にさせていただきます」

二人の間に流れるひんやりとした空気を、史は敏感に感じ取った。

「ぱぱといせざきさん、けんかしてる？」

まさか、と言う二人の声が重なる。こんなに気が合っているのにな。

「ご命令の通り、調査に関する書類は全てデスクの上です」

事務的に報告だけして伊勢崎が居間を出ていこうとするのを、史が呼び止める。

「あ、いせざきさん、まって！　これあげる！」

史が差し出したのは数枚の紙切れだった。受け取った伊勢崎の手元を覗き込むと、そこには『なんでもいうことをきくけん』と書かれていて。

「何でも言うことを聞く券？　何ですか、これは」

「あのね、いせざきさんはいつもいそがしくてたいへんでしょ？　それでここにいるのがいやになっちゃったらいやだから、これはやりたくないなってことがあったら、ぼくがかわりにやってあげようとおもって」

史は拳を握りしめて張り切ってそう主張したが、伊勢崎が普段していることで史が代わりにできることなどあるのだろうか。

「……ありがとうございます、いただいておきます」

「うん！　いつでもつかってね！」

これは、史なりの『東雲組はいいところ作戦』なのだ。

伊勢崎が受け取った紙切れを胸ポケットに仕舞うのを見て、俺も作ろうかな、と思った。『賢吾に言うことを聞かせる券』なんてどうだろうか。


「ご心配とご迷惑をおかけして、本当に申し訳ありませんでした」

佐知が改めて小学校に謝罪に訪れたのは、翌日の昼休憩のことだった。

「何だか昔を思い出すな、雨宮。ああ、あの時はお前達自身が叱られていたんだったか？」

はは、と笑いながら応接セットに「座りなさい」と声をかけてくれたのは、史と碧斗が通う小学校の校長である。

促されるまま校長の前の席に腰掛けると、何だか時間を遡った気がしてしまう。

『どうして勝手に外に出たんだ！』

佐知と賢吾が小学生の頃、そう言って二人を叱ったのは目の前の校長だった。当時の二人のクラス担任で、『鬼の立花』と子供達の間では有名だったのだが、今考えるととても生徒思いのいい先生だったと思う。

「まさか、立花先生が校長になっていたとは思いませんでした」

入学式の時は、史のことばかり見ていて気づいていなかった。

「俺のほうこそ、まさかお前らが二人揃って子育てをしているとは思いもしなかったぞ。まあ、お前らは昔から、二人でようやく一人前だったから分からなくもないが」

「二人で一人前って、そんなことないですよ、俺は昔からちゃんとしてました」

「確かに勉強はちゃんとしていたが、お前は昔からどうも察しが悪い。ぽやっとしているところもあって、それを東雲がよく補っていた。逆に東雲は年寄りみたいに老成したところがあって、入った頃は特に周りと距離を置いていただろ？」

「賢吾が？」

「ほら、やっぱり察しが悪いな。あいつは家がああだったから遠巻きにされがちで、本人もそれが当たり前だって顔をしていた。だが、察しの悪いお前がいちいちあいつを巻き込むお陰で、あいつは一人になる暇がなかった。気がつきゃいつもお前と一緒に友達に囲まれて、いいコンビだなと思ったもんだ」

まさか自分の存在がそんな風に役に立っていたなんて、夢にも思わなかった。

「……だからまあ、あいつはお前よりも史くんの状況をよく考えているんだろうな」

「……？　どういうことですか？」

「史くんと碧斗くんが学校を抜け出した件が、保護者の間で広まってしまっていてな。何人かの保護者から、極道の息子だから素行が悪いんじゃないかと不安だと問い合わせの電話があった」

「……っ、違います！　史はただ――」

がたんと音を立てて立ち上がった佐知を、立花が「落ち着け」と手で制する。ぐっと唇を噛みしめて佐知が座り直すのを見届けて、「分かっている」と立花は頷いた。

「一度でも史くんと接したことのある者なら、あの子がそんな子じゃないと分かるはずだ。実際、問い合わせがあったのはほんの数件で、その保護者達も他の保護者から史くんのことを聞いて落ち着いてくれたようだ」

「そう、ですか」

「……お前にここに来るように言ったのは東雲か？」

「いえ。賢吾は行かなくていいと言ったんですけど、迷惑をかけた以上、やはりちゃんと謝罪をするべきだと思ったので」

「そうだろうな。東雲なら来ないだろう」

「何故、そう思うんですか？」

「東雲がここに来れば、きっとまた噂になるだろうからな。息子のことで極道が乗り込んできた、なんて言われたくないだろう？」

「賢吾はそんなことしません！」

「分かっている。だがまあ、全員にそう分からせるなんて無理な話だ。そもそも極道なんて、人に胸を張れる仕事じゃない。俺は今でも、東雲がとっととそんなものをやめてしまえばいいと思っている」

「…………」

「あいつが極道でいるのはあいつが選んだことだ。だが、あいつが極道でいることで史くんには迷惑がかかる。史くんがこの小学校に入る前に、あの子の事情はある程度東雲から説明を受けている。もし何かあってからでは遅いから、とな。保育園の頃はまだいい。だが小学校になると親の目も行き届きにくくなる。史くんの事情を考えれば引き取るのは当然のことだと思うが、あいつも悩みは尽きないだろう」

賢吾とは子供の頃からずっと一緒だ。いつでも当たり前の顔で隣にいて、何をする時も一緒で。だから、分かっているつもりでいた。けれど、実際には佐知はいつも大事なことを見逃してしまう。

佐知が言葉を失っている間に、立花が茶を淹れてくれる。自分の分のそれをずずっと啜って、立花は懐かしそうに言った。

「あの時のこと、覚えているか？」

「あの時って……俺達が立花先生に怒られた時のことですか？」

「そうだ。俺が怒鳴ったら、珍しくお前が言い返したよな？」

少し考えて、思い出した。

あの時、立花にこっぴどく怒られてる最中に『悪いことをしたやつは地獄行きだぞ！』と言われた。その時に、一言だけ佐知が言い返した言葉がある。

『けんごとだったらこわくない！』

「……その節は、どうもすみませんでした……」

「ははは、俺のほうこそ、今だったら問題になりそうなことを言っていたがな。……あの時の東雲の嬉しそうな顔は今でも忘れられん」

「嬉しそうな顔、してましたか？」

「ああ。あの顔を見た時、東雲をこちら側に繋ぎ留めるのはお前かもと思ったが、まさかお前らがそういう関係になるとはな」

「え、あ、いや、その……」

まさかいきなりそんな話になるとは思わず目を泳がせると、立花は豪快に笑った。

「ああ、いかんいかん、これも何とかハラスメントになるかもしれんな。まあ要するに何が言いたいかと言えば、お前があいつの隣に今もいて良かったってことだ」

「今、そういう話でした？」

「これからも、あいつらと世の中の緩衝材でいてやってくれ」

「緩衝材……？」

「特に東雲は、お前を通して世の中を見ている。たとえばお前が、世の中なんてどうしようもない、焼き払おうって言ったら、あいつは躊躇なく焼き払うだろう」

「焼き払うって何ですか。あいつは最終兵器とかそういうのじゃないですよ」

「たとえばの話だろ、お前は融通が利かないな」

「立花先生のたとえ話がおかしいせいでしょ」

立花は「そうか？」と首を傾げ、またずずっと茶を啜った。

「碧斗くんのお兄さんにはウケたんだがな」

「舞桜にもそんな話をしたんですか？」

「一応俺も校長だからな。史くんの件で碧斗くんの素行にまで飛び火していることを話さなくちゃいけなくてな」

「碧斗にまで……」

「そうしたら碧斗くんのお兄さんがお前達のことを話し始めて、つい昔話に花が咲いてなあ」

「…………」

立花は聞き上手な舞桜のことを気に入ったのか、あんな話もしたこんな話もしたと嬉しそうに話していたが、佐知は気もそぞろで別のことを考えていた。

佐知にとって、東雲組は子供の頃から身近な存在だった。

小さな頃は組員達が遊び相手をしてくれていたこともあったし、雨宮医院にもよく誰かが出入りしていた。そのせいで、感覚がマヒしてしまっていた部分があったのかもしれない。もしかしたら自分達が子供の頃も、同じように賢吾と佐知の素行が問題になったことがあったのだろうか。

賢吾が極道であると分かっていたつもりで、それによって起こり得る色んな事に対して、佐知はあまりにも疎かった。以前よりも意識するようになったと思っていたが、それでも全然足りていなかった。

幼い頃、賢吾が極道の息子であることを茶化す子供は何人もいた。佐知はそのたびに賢吾の代わりに怒ったりしたが、そのことを深刻に考えたことがなかった。

賢吾は佐知よりもずっと分かっていたはずだ。改めて、賢吾の『お前のことは離せねえ』という言葉を重く感じた。

そういう賢吾の気持ちを理解してしまったら尚更、伊勢崎に行くなとは言い辛くなってしまう。

伊勢崎はどう思っているのだろうか。

本心から東雲組や賢吾にうんざりして出ていきたいと言うのなら、それを止めることはできない。けれど賢吾の態度のせいで誤解しているのなら、せめてその誤解を解いてやりたいと思う。

そんなことをごちゃごちゃと考えていると息苦しくなって、小学校を出た佐知は医院には戻らず、コンビニで買ったおにぎりを持って近所の公園に向かった。

すっかり強くなった日差しに、暑さすら感じる気温。それでも湿気が少ない分、風が吹くと涼しさを感じる。

木陰に置かれたベンチに腰掛け、たらこおにぎりを食べる。きらきらとした木漏れ日と、時折聞こえてくる鳥のさえずり。

「平和だ……」

東雲家はいつも賑やかで、大抵誰かの気配がしている。父の安知が医療ボランティアとして海外に出てからずっと雨宮医院の二階で一人で暮らしていた佐知にとっては、それはひどく幸せなことだ。けれど時折はこうして一人で静かに過ごし、考える時間も必要である。

縁側で暇を持て余していた伊勢崎なら、こんな時間を無駄だと思うのかもしれないが。

「伊勢崎の幸せ、か」

もちろん、一番は舞桜と一緒にいられることだろう。そしてその幸せは、今となってはもう、東雲組にいなければ得られないものではない。

「伊勢崎がいなくなる、か」

伊勢崎が幸せでいてくれるなら、それも一つの道なのだろう。

ものすごく寂しいけど、すごく嫌だけど、伊勢崎が幸せでいてくれるなら送り出せる。……後ですごく泣くだろうけど。

そんなことをぼんやり考えていたら、突然目の前が暗く陰った。誰かが目の前に立ったのだと気づいて顔を上げると、そこにいたのは意外な人で。

「栄さん……？」

「やあ、ご一緒してもいいかな？」

缶コーヒーを持った栄が、穏やかに笑う。慌ててどうぞと右に寄れば、「すまないね」と栄が左側に腰を下ろした。

「俺のことをつけてきたんですか？」

「二度も盗み聞きをしていた君に怒られる筋合いはないと思うが、残念ながら偶然だ。車で通りかかったところで君を見かけてね」

さすがにそれを鵜呑みにするほど純粋じゃない。曖昧に頷くと、栄は缶コーヒーのプルタブをぱきりと開けて、それを一口飲んで息を吐いた。

「はー、たまにはこういうところでのんびりするのも悪くないな。君はいい場所を知っているね」

どうしてわざわざ佐知に会いに来たのか。警戒するように佐知を観察するようにじっと見て、栄は「意外だな」と口にした。

「君はもう少し、無防備なタイプなのかと思っていたよ」

「そこまで能天気じゃないです」

「そんなに警戒しないで欲しいな。私はただ、君と話がしてみたかっただけだよ」

「伊勢崎のことですよね」

「ああ。彼は素晴らしい人材だ。君もそう思うだろう？」

この時、佐知は初めて違和感の理由に気づいた。栄はいい人で、タイタングループは大企業で、それなのに佐知が諸手を挙げて伊勢崎を送り出してやれない理由。

「伊勢崎は、素晴らしい人です」

栄は伊勢崎のことを人材と言う。そう言われるたびに、佐知は伊勢崎が物のように扱われている気がしてしまう。

「そんな素晴らしい人材が極道組織にいるなんて、勿体ないとは思わないかい？」

「……一つ、聞きたいんですが」

「何だい？」

「栄さんは、伊勢崎の幸せを考えてくれるつもりはありますか？」

「それ相応の待遇を用意することが、彼の幸せだと言えるのではないかな？」

「もし、伊勢崎がより幸せになれる場所があれば、その時は彼を手放してやれますか？」

「それは愚問だよ。どこより彼を有意義に使ってやるのが、彼の幸せに繋がる」

それは経営者として当たり前の感覚だろう。でも賢吾はそうじゃない。あんなに優秀な男を、本人の幸せのために手放してしまえる。自分の利益より、伊勢崎の人生を優先してしまうのが賢吾だった。

「東雲組の東雲賢吾くん。彼自身も、極道にしておくには惜しいほどに優秀なようだね。彼が伊勢崎くんを手放したくないのも分かるよ。彼らが東雲組を実質的に動かすようになってからの飛躍ぶりは、姪が熱く語ってくれたしね」

けれどね、と栄は目を細める。

「彼らは所詮極道だ。やれることには限りがある。たとえば私が手を回して、彼らの活動を邪魔することは簡単だ」

「……脅迫、するんですか？」

「そんな風に思われるのは心外だ。伊勢崎くんは彼に恩を感じて身動きが取れずにいる。恩を逆手に取って相手を逃げられないようにするほうが、罪深いと私は思うがね」

「賢吾は、そんなことをしていません」

「だったら、君達のほうからもういらないと言ってやってくれないか？　君達がそう言ってくれれば、彼も心置きなく私のもとに来られるだろう」

「……そんな嘘は吐けません。だってあいつが好きだから」

伊勢崎が東雲組を辞めたいというのなら、それは尊重されるべきだ。だけど、それを決める前に、ちゃんと賢吾の思いを知っていてもらいたい。そう考えるのは佐知の我が儘だろうか。

「困ったな」

栄は苦笑して、それから優しい声で言った。

「彼が極道でいることが、彼のためになると思っているのかい？」

「それは……っ」

「彼の家族が、それで本当に幸せになれると？」

「……っ」

「彼には一緒に暮らす相手がいるようだ。小刀祢舞桜くん、だったかな？　彼の家族も、伊勢崎くんの世話になっているようだね。彼らのことを考えたら、伊勢崎くんを表の世界に戻してやるのが愛情では？」

「………」

違う、とは言えなかった。

先ほど立花から聞いたばかりの言葉を思い出す。

『史くんの件で碧斗くんの素行にまで飛び火していることを話さなくちゃいけなくてな』

実際に、碧斗は東雲組と係わっていることで素行を疑われている。佐知が気づいていないだけで、もしかしたら舞桜だってどこかで嫌な思いをしているのかもしれなかった。

自分のことなら、だからどうしたと突っぱねられる。だが、そうじゃないから心が揺らぐ。

佐知は賢吾と生きていくと決めている。それがどんなに辛い道だったとしても、賢吾が歩くなら共に歩く覚悟がある。だって賢吾を愛しているから。賢吾抜きで生きる人生なんて、考えられないから。

けれど、伊勢崎はそうじゃない。望めば別の道を歩ける。舞桜や碧斗やキヌのこの先の人生を考えるなら、必ずしも極道でいる必要はない。いやむしろ、極道でいないほうがいい。

『俺は好きで極道をやってる。組員のやつらは、行くところがなくてうちに流れ着いたってのも多い。けど、あいつは違う。野心もそれなりにあって、それに見合う能力もある。別にこっちの世界に居続ける必要はねえだろ』

図らずも、賢吾と栄の考えが一致している。伊勢崎がいなくなるのが嫌だと思う幼稚な佐知とは違って、賢吾達のほうが伊勢崎のことを考えている。

「それが、伊勢崎のため……」

「そうだよ。そして彼にとってはこれが、最後のチャンスだ。私の誘いを断った後で、表の世界に戻ることができるとは思わないほうがいい」

「最後の、チャンス」

このチャンスを逃したら、伊勢崎はもう表の世界には戻れなくなる。……後でどんなにそれを望んでも。

伊勢崎には才覚がある。どこに行っても立派にやっていけると分かっていた。むしろ、極道という制約から解き放たれた伊勢崎は、今よりも大きく羽ばたくことができるだろう。

表の世界で華々しく活躍する伊勢崎の姿が、容易に想像できる。伊勢崎にもきっとその未来が見えていて、だから迷っているのかもしれない。

迷っている伊勢崎の背中を、ほんの少し押してやるだけ。そうしたら、伊勢崎はこれからもっと自由に生きていける。

「……絶対に、絶対に伊勢崎を守ると約束してください」

一時期でも極道の世界にいた人間が表の世界に戻るのは簡単なことではない。伊勢崎だから大丈夫だとは思うが、守ってくれる盾は大きければ大きいほどいい。

「もちろん、彼が優秀な人材であるうちは、全力で守ると約束しよう」

心許ない言葉だが、今はそれを信じるしかなかった。

「分かってくれるね？」

ぎゅっと拳を握りしめる。分かりたくないと、自分の中の幼稚な部分が駄々を捏ねる。だが、それが正しき道であると、すでに分かってしまっていた。

そしてそれが、賢吾が望む道でもある。……だから、これが正解だ。

「……あなたの、言う通りに――」

震える佐知の声を止めたのは、聞き慣れた声だった。

「こんなところでのんびりデートなんて、俺とも滅多にしてくれねえことしてるんじゃねえよ」

「賢吾⁉」

背後からの声に振り向くと、そこには賢吾と伊勢崎がいて。

「……お前、また組員に俺を見張らせてたのか」

「また、ではありません。正しくは、ずっと、です」

「伊勢崎、余計なことを言うな」

雨宮医院の周囲を護衛してくれる組員がいることは知っているし、史の登下校にも密かに護衛がついているのも知っていたが、まさか今も一日中佐知を見張らせているとは知らなかった。

賢吾め、組員の負担になるからやめろと何度も言ったのに。

考えてみれば、史が小学校を抜け出した時もすぐに連絡が来ていたようだから、史にも一日中護衛がついているのかもしれない。

「……お前とは、もう一度プライバシーについてじっくり話し合う必要がある」

いつも通りを装いたくて、頰の強張りを隠すために賢吾から顔を背ける。

「お前とは、もう一度危機管理についてじっくり話し合う必要があるな」

　佐知達の正面に回った賢吾に、栄が「ずっと見張らせているなんて信用していない証拠だね」と苦笑した。

「極道の世界は裏切りが当たり前だと聞いている。常に裏切られることに怯える生活はさぞ大変だろう」

「俺が怯えるとしたら、裏切りじゃなくてこいつの無鉄砲さについてだ。すぐにあちこちのトラブルに首を突っ込んでは、巻き込まれて危険な目に遭ってやがる」

「私達はただ、偶然会って話をしていただけだよ」

　そうだろう？　と話を向けられ、佐知はこくりと頷く。実際に、栄とは話をしただけなのだ。何かひどいことをされた訳ではない。

「ちょうどよかった。彼から、伊勢崎くんに話があるようだよ？」

　栄に促され、佐知は唇を舐める。言うしかない。これが伊勢崎のためだ。そう決意して顔を上げると、目の前に伊勢崎が立っていた。

「お話とは何でしょう？」

　ごくりと唾を呑み込む。伊勢崎の視線が鋭く感じるのは、佐知に後ろめたい気持ちがあるからだろうか。思わず顎を引いたが、逃げるなと自分に言い聞かせる。

「……栄さんと話していて分かったんだ。お前ほど優秀な男が、賢吾のところで一生を終えるなんて勿体ない。お前は……栄さんのところに行くべきだ」

それは以前の佐知なら当たり前に口にしていたことだから、伊勢崎に不審に思われることはないと思った。賢吾もおそらく、佐知が賢吾の意思を尊重したと思うだろう。

「そもそもお前と賢吾、最近ずっとぎすぎすしてるだろ？　そのせいで組の雰囲気も悪いし。賢吾に仕えるより、栄さんと仕事をしたほうが伊勢崎も楽なはずだ」

上擦りそうな声を誤魔化すために、段々早口になる。だけど、呆れ顔は上手に作れたはずだ。

「お二人に俺は必要ない、と？」

「お前は何か勘違いしてるみたいだけど、俺も賢吾も立派な大人だ。別にお前がいなくたって生きていける。むしろ、うるさいのがいなくなって清々するな」

確かに、佐知も賢吾も、伊勢崎がいなくたって生きていける。だけど、うるさいのがいなくなって清々するなんて嘘だ。

東雲組から伊勢崎がいなくなるなんて嫌だ。その気持ちをぐっと噛みしめ、伊勢崎を見る。目を逸らしたら、嘘がバレてしまうかもしれないと思った。

これが、正解だ。伊勢崎の幸せのためだ。そう何度も自分に言い聞かせ、拳を更に握りしめる。握りしめすぎて、爪が食い込んでしまうほど。

「佐知さん」

伊勢崎が顔を伏せる。表情は分からなくなったが、かろうじて見える口元が震えていて、怒らせたか悲しませたかと佐知が心を痛めたその時、「ぷ、くくっ」と場に相応しくない笑い声がして。

「おい賢吾、空気読め」

「俺じゃねえよ」

だったら誰だよ。佐知の疑問はすぐに解けた。目の前の伊勢崎が腹を抱えて笑い出したからである。

「くく、はは、ははははっ！」

それは長い付き合いでもほとんどお目にかかったことがないほどのもので、佐知は大変だと立ち上がった。

「伊勢崎!?」

どうしよう！　俺が傷つけたせいで、伊勢崎がおかしくなっちゃった！

「い、伊勢崎、悪かった！　俺が悪かったから、ちょっと落ち着こうか！」

あわあわと佐知が伊勢崎に声をかけると、ひとしきり笑った伊勢崎が「これが笑わずにいられますか？」と目尻に浮かんだ涙を拭いた。

「何が立派な大人ですか。図々しい」

「ず、図々しいってなんだよ！」

「冗談も休み休みに言ってくださいよ。佐知さんに俺が必要ないはずがないでしょう？」

「そんなことないし！」

は、と鼻で笑う伊勢崎につい言い返してしまって。こういうところが子供っぽいって言われるんだと分かっているが、やめられない。

「いいですか、佐知さん。よく考えてみてください。若と喧嘩した時に誰に電話して愚痴を言うつもりなんですか？　若の様子がいつもと違うと思った時は誰に聞くつもりなんです？　サプライズしたいと思った時は？　若と喧嘩して仲直りしたい時は？」

「そ、それは……っ」

「言っておきますが、あなた方には俺が必要です。俺なしで平穏な人生を歩めると思ったら大きな間違いですよ」

自信満々の顔で言い切られると、素直に頷けないのが佐知である。

「いや、今も別に平穏な人生を歩めてる気はしないんだけど」

「考えなしにぽんぽん発言しては若を傷つける佐知さんと、うじうじうじうじくだらないことを心配しては落ち込む若が、立派な大人だなんてどの口が言うんですか」

「か、考えなしって何だよ！　うじうじって、賢吾のことをいじけ虫みたいに言うな！」

何なんだ、何なんだよこいつ！

ここ最近の態度はどうしたんだというぐらいに伊勢崎の毒舌は絶好調で、佐知は目を白黒させる。

「そもそも、栄さんに考えさせてくださいって言ったのはお前のほうだろ!?　それなのに何で今更──」

「考えさせてくださいというのは、言葉のままの意味ですよ？」

「考えるってことはあれだろ⁉　考える余地があるってことで、お前にとって東雲組を辞める選択肢があるってことだろうが！」

それなのにどうして俺が責められるんだと憤れば、伊勢崎は大袈裟に一つため息を吐いた。

「だから、あなた方は馬鹿なんですよ」

「何でそんなに馬鹿馬鹿言われなくちゃいけないんだ！　行けよ！　お前にとってはそっちのほうが幸せになれるんだから、行けばいいだろ！」

それが伊勢崎のためで、舞桜のためで、碧斗やキヌさんのためで。だからこそ佐知は、背中を押して送り出そうとしたのに。

それなのに。

「心配はいりませんよ？」

「え？」

「佐知さんの心配は、必要ありません」

「心配って、何のことだよ」

「誤魔化さなくていいです。全然必要ないので。無駄です、無駄。まったくの無駄」

「何だよ、別に俺は──」

「どうせあれでしょう？　極道を辞めるのが俺のためだとか何とか言われて、すっかり丸め込まれて悲劇の主人公ぶっていた訳でしょう？　舞桜や碧斗のことを持ち出されて、脅迫されたり」

「べ、別に悲劇の主人公ぶってなんて……それに、極道を辞めるのがお前のためだっていうのは本当だし」

「何ですか、それ」

伊勢崎は心底呆れた顔で佐知を見る。くいっと眼鏡のフレームを指で押し上げ、大袈裟にため息を吐かれると、あれ？　俺が悪いのかな？　と思ってそわそわしてしまう。

「それが本当に俺のためかどうかなんて、どうして佐知さんに分かるんです？　神様にでもなったつもりですか？」

「だ、だって……っ」

「だってじゃない。甘えた声を出したって駄目ですからね。後で舞桜にも説教されるといいですよ」

どうして舞桜にまで説教されることになるのか。まったく分からない佐知を置いてけぼりで、伊勢崎は栄に向き直った。

「あまり佐知さんをいじめないでください。若がうるさいので」

「私のことを尾行していたのかい？」

「ええ。あなたも私に贈り物をしてくれていたようなので、お互い様ですね」

伊勢崎が両手でスーツを撫でる仕草をすると、栄は意外そうに眉を上げる。

「まさか、気づいていたとは思わなかったよ」

「あなたが目をつけてくださった通り、優秀なので」

余裕の笑みを見せた伊勢崎は、俺なんか、なんて言っていた男とはまるで別人だった。

そりゃあ伊勢崎が優秀なのは分かっているが、自分で言うか？

だが、それでこそ伊勢崎だと思った。どちらかといえば、ここのところの伊勢崎の栄に対する態度のほうがイレギュラーだった訳で。

「私は君にとって最高の条件を提示したと思うが」

「確かに、非常にいい条件でした」

「どうしてそれを蹴ってまで極道なんかに仕えたいのか分からないな」

栄が心底理解できないという顔で首を傾げると、伊勢崎は指を一本立てて見せる。

「あなたは一つ、大きな間違いをしています」

「何だい？」

「俺は極道に仕えたい訳ではなく、東雲賢吾という男に仕えたいんです」

だって、と伊勢崎は悪戯っぽく口元を引き上げた。

「あなたよりも遥かに仕え甲斐のある人なので」

「……っ、伊勢崎、お前……」

佐知はその言葉に感動したが、だったら何故、という気持ちも湧いた。伊勢崎の口ぶりからすれば、最初から伊勢崎は東雲組を辞めるつもりはなかったということだ。それなのにどうしてあんなに思わせぶりな態度を取ったのか。

佐知が疑問を口にすれば、伊勢崎はあっさりと答えてくれた。

「栄さんに興味があったので」

「え、嘘だろ、ほんとに伊勢崎、栄さんが好みなの？　舞桜が言ってたのが正解⁉」

「……佐知さん、その件については後でゆっくり聞きます」

しまった、何か余計なことを言ってしまった気がする。舞桜、ごめん。

心の中で舞桜に手を合わせていると、伊勢崎は「だって」と話を続ける。

「おかしいでしょう？　いくら俺が優秀だといっても」

「鼻につくな。殴っていい？」

「報復を恐れないのでしたら、どうぞ」

「すみません、続けて」

「俺がどんなに優秀だといっても、極道ですよ？　その場でスカウトしようなんて、あまりに無謀すぎます。若じゃあるまいし、大企業の経営者でもある人が、そんなことをするとは思えない」

若じゃあるまいし、という言葉に険を感じる。それ、今言う必要あったか？　そう思ったが言葉にはしない。伊勢崎の賢吾に対する怒りをひしひしと感じるからだ。

栄は伊勢崎の言葉を肯定も否定もせず、ただ「続けて」と穏やかに先を促した。

「あの時点で栄さんはすでに我々のことを知っていた、と考えるのが自然です。石井さんと仕事をしているからか、とも思いましたが、俺は疑問をそのままにしておけない人間なので」

「それで、私に近づいたのかい？」

「ここのところ東雲組の周辺が騒がしいので、あなたがそういう方々と繋がりがある可能性もある」

「でも、だったら俺達には話しておいてくれたらよかっただろ⁉」

伊勢崎が何も教えてくれなかったせいで、こっちはずっとやきもきしていたのだ。

「俺達のことを弄んで！」

「まあ、弄んだことは否定しませんけど」

否定はしないんだ。楽しんでたんだ、ひどい。

「最初は、この際だから若の真意を探ってやろうと思っただけだったんですよ」

伊勢崎の視線が賢吾に向くと、賢吾が嫌そうに顔を顰める。

「若がどの程度俺を必要としているのか、以前から気になっていたんですよね。ですが、史坊ちゃんに対する若の態度を見ていた時、確信しました。ああ、この人は俺を手放す気でいるんだな、と」

「お前、分かってたのか？」

しかもその言い方だと、佐知よりも気づくのが早かったということだ。

「何年その人のそばにいると思っているんですか？　若がうじうじ考えることなんかお見通しですよ」

「お前、さっきから黙って聞いてりゃ、随分な言い草じゃねえか」

賢吾を無視したまま、伊勢崎は佐知に向かって続ける。

「若はね、俺が栄さんを調べていることなんて百も承知だったんですよ。その上で、俺を東雲組から追い出そうとしたんです。ひどいでしょう？」

驚いて賢吾を見ると肩を竦めたから、伊勢崎の言う通りということだ。

「お前、何で言わなかったんだよ！」

「別に確信してた訳じゃねえ。たぶんそうだろうなと思ってただけだ」

「それでも！　教えてくれたらよかっただろ！」

「お前、気づいてるって伊勢崎にバレねえ自信があるのか？」

「……それは、ないけど」

佐知がそのことを知っていたら、間違いなくすぐに伊勢崎にバレただろう。それどころか、余計なことをして栄にもバレていた可能性もある。言わなかった賢吾が正しい。……が、面白くない。

「賢吾が俺に隠し事した」

「不貞腐れるなよ、別に言う必要がなかったから言わなかっただけだろ？」

「そうですよ、佐知さん。若はどうせ追い出す俺のことなんて、どうでもよかったから黙っていただけなんですから」

うわあ、言葉の棘が全部賢吾に向いている。

「そんなにむかついたなら、さっさと賢吾の胸倉を摑んで殴ってやればよかったのに」

「スーツに、盗聴器がつけられていたんです」

「盗聴器？」

「それも、市場には出回ることがない、軍用のごく小さなものでした。これで栄さんに対する疑いは強まりました。ですが、どのタイミングでつけられたものか分からなかったので、しばらく泳がせておこうと思いまして」

「もしかしてお前、ずっと盗聴器つけたまま行動してたのか？」

「クリーニングに出すことなく、わざと同じスーツを着回してみました」

それで、あの態度？

「俺に喧嘩を売ったのも？」

「お陰様で、俺が東雲組にうんざりしているという、いい演技ができました」

「おーまーえーーーーっ!!」

俺を何だと思っているんだ！　本気でお前が賢吾のことを分かってないと思って腹を立てたのに！

「要するに！　お前はただ、栄さんから情報を引き出すために、えー？　どうしよっかなあ？　って思わせぶりな態度を取ってただけって訳!?」

付き合う寸前の駆け引きみたいに？　門限ぎりぎりのカップルの攻防みたいに？　時々ラブホテルの前にいるカップルみたいに？

「たとえが心外ですけど、まあそんな感じですね」

「何だよーーーー!!」

俺の心配を返せ！

「それでは君は、最初から私を疑っていたから近づいただけで、東雲組を辞めるつもりはまったくなかった、ということかな？」

「ええ。たとえどこかのいじけ虫に辞めろと言われても、辞めてやるつもりなど微塵もありませんね」

「誰がいじけ虫だ」

「それを今になって告白したのは、私が用済みになったということかい？」

「盗聴器の出所などを調べた結果、もうあなたから何かを引き出す必要はない、という結論に達したので、先ほど若に報告したところです」

賢吾がそれを肯定する代わりに肩を竦める。何なの？　もしかしてここに来る前にすでに和解してたの？　俺が栄さん相手に深刻になってる間に？　ぶっ飛ばすぞ。

「後悔はしないのかい？」

「ええ」

伊勢崎は眼鏡のブリッジ部分を指で押さえ、ふっと苦笑を浮かべた。

「後悔しているとしたら、若のほうでしょうね。軽い気持ちで引き入れたら、すっかり居ついてしまったんですから」

「まったくだ」

「拾ったら、最後まで責任を持たなくてはいけませんよ？」

そう言って見つめ合う賢吾と伊勢崎は、もうすっかり元通りに見える。それがほっとするような、腹が立つような。

あんなに心配をかけておいて、何なんだよ。

「確かに、君達のことは会う以前から知っていた。だが、私の言葉に嘘はない。君ほどの人材なら、どんなバックボーンがあろうとも欲しいと思うのは決して私だけではない。そこは誤解しないで欲しいな」

「栄さんは、本気で伊勢崎が欲しかったということですか？」

「もちろんだ。私が気にかけている子が君達に興味を持っていたようだから少し調べさせたが、だからといって君達に何かをするつもりは毛頭なかった。けれど、伊勢崎くんのあの時の対応があまりに素晴らしかったものだから、どうしても欲しくなってしまってね」

「それはそれは……光栄なお話です。ですが、あなたが欲しがったものはあなたの手に入らないものですよ」

「どういうことかな？」

「あなたは俺を貴重な人材だと褒めそやしてくれましたが、それは東雲賢吾に仕えている俺だからです。自分で言うのもなんですが、俺は本来、誰かに仕えることを良しとする人間ではありません。若に仕えていなかったら、誰かの下で働くなんてことはしませんよ」

そうだ。そうだった。

伊勢崎が賢吾に仕えるのがもうすっかり当たり前になっていたが、高校や大学の頃は、伊勢崎は自ら起業でもするのだろうと思っていた。だから伊勢崎が賢吾の補佐になったと聞いた時は死ぬほど驚いたし、『お前ほどの男が何でだ？』と本人にも何度も聞いたことがあった。

「俺が勝手に動いているのが分かっていても、若は好きにさせてくれました。盗聴器をつけられていたので、若に問い詰められたらどうしようかと思いましたが、そうすることもなかった。お陰で自由に動けましたよ。まあ、あわよくば出ていけばいいと思っていたのは否めないですが」

伊勢崎のことを賢吾に振り回される苦労人みたいに思っていたが、よく考えてみれば伊勢崎も大概である。上司である賢吾を顎でこき使うような時もあるし、拉致監禁紛いに賢吾を閉じ込めて仕事をさせていることもあった。

「俺を上手く操縦できるのは、この人だけなんです」

伊勢崎の言葉が、佐知の胸にすっと沁み込む。ああ、そうだった。曲者揃いで忘れていたが、伊勢崎だって充分に曲者で。いつ飼い主を噛み殺すかもしれない猛獣だった。賢吾だから、その牙を上手く使いこなしているのだ。

「それはまた……相思相愛で羨ましいね」

相思相愛。ラブではないと分かっているが、ついむかっとしてしまう。

あれ？　よく考えてみたら、もしかして俺、今回はこの二人の痴話喧嘩に巻き込まれただけなのでは？

「ああ、それから、今回色々とお付き合いさせていただいている間に面白い情報をいくつか入手しました。ですので、東雲組としてはこれからも末永いお付き合いをしていただけるとありがたいですね」

「なるほど、攻撃するならそれなりの覚悟をしろ、と？」

「まさか、そんな。栄さんが賢明な方であることは、よく存じております」

「……重ね重ね、君のような人材を手に入れられないのは残念だ」

栄は本当に残念そうに呟いて、賢吾に「君が羨ましいよ」と声をかけた。

「そうか？　こういう家族を持つと、親は大変だぞ」

「家族、ね。君はなかなか損をしそうなタイプだ」

「だからこそ、俺がいるんですよ」

「これ以上、惚気を聞かされるのはごめんだ。敗者は潔く去ることにするよ」

やれやれと苦笑をして立ち上がり、栄はそのまま立ち去った。

「……これで、終わり？」

栄の背中が見えなくなって佐知がそう呟けば、伊勢崎が何でもないことのように頷く。

「そうですね」

こんなにあっさり？

「……ということは、お前は東雲組に残るってことだよな？」

栄さんのところには行かないってことで、今まで通り、俺達と一緒ってことだよな？

「最初から、出ていくなんて一言も言っていませんが？」

しれっと伊勢崎がそんなことを言うから、佐知は思わず地団太を踏んだ。

「俺達皆、お前がいなくなったらどうしようって焦ったのに！」

「せっかくなので、この機会に皆さんに俺のありがたみを知ってもらおうと思いまして」

「お前ってやつは……っ！」

相当に性格が悪い。知ってたけど！

「俺のことを崇め奉りたくなったでしょう？」

にっこりと伊勢崎が笑う。最高に胡散臭い、いつも通りの伊勢崎の笑顔だ。

憎たらしい。最上級に憎たらしい。何てやつだ、本当に、まったく、何てやつだ！

「ああ、もう！　騙された！」

そう叫んでから、佐知は続けてこう叫んだ。

「でも、騙されただけでよかった！」

何か色々腹も立つけど、これからもずっと伊勢崎と一緒にいられる。今はそれだけで充分だった。

「なあ伊勢崎」

「何でしょう？」

「お前今、幸せ？」

「そうですねえ、舞桜がいて、うるさい碧斗がいて、美味しいご飯を作ってくれるキヌさんがいて」

何だよ、俺達が入ってないじゃん、と口を尖らせたら。

「俺のことを心配してわあわあ大騒ぎして右往左往する佐知さんがいて、俺のことを考えて自分が悪者になってやろうなんてくだらないことを考える若がいて、明後日方向に俺の仕事を楽にしようとする組長や姐さん、史坊ちゃんもいて、必死で俺を引き留めようとして書類を破ったり汚したりする組員達もいるのでね」

「もう！　全然素直じゃないな、お前！」

まあでも、それも伊勢崎らしい。

「よし！」

立ち上がり、大きく伸びをする。ふわっと風に背中を押されるようにして、佐知は走り出した。

「昼休みが終わるから、俺もう行くな！　舞桜にお前が嘘吐いてたって言いつけてやるから！」

「ちょ、ちょっと待ってください！　舞桜には俺からちゃんと説明を――」

「だーめ！」

午後の診察時間が始まるぎりぎりまで、舞桜と一緒に伊勢崎の悪口を言ってやる。それぐらいは許されてもいいはずだ。

◆◆◆◆◆◆

ははは、と笑い声を上げながら去っていく佐知の後ろ姿を見送って、晴海はよくもあれで立派な大人だなんて言えたものだと苦笑した。

だが、佐知が自分のことをずっと心配してくれていたのを知っているだけに、ありがたい気持ちにもなる。……絶対に本人には言わないが。

「今日はえらく静かですね」

隣で黙りこくっていた晴海の尊敬してやまない先輩が、情けないぐらい小さな声で呟いた。

「……いいのか？」

たったそれだけの言葉に、この人の優しさが詰まっている。

本当に馬鹿な人だ。普段はあれだけ自信満々な顔をしているのだから、黙って俺についてこい、ぐらい言えばいいのに。

舞桜を助けると決めた時、他の全部を捨ててもいいと思った。家族も捨てて、野心も捨てて。ただ舞桜が幸せになってくれるなら、それでいいと思った。

何もかも捨てる覚悟だった。そのはずだったのに。

気づいたら、晴海の周りには新しい家族がいた。本当の家族よりも自分のことを助けてくれて、心配してくれて、迷惑だってかけてくれるけれど、いつもわいわい賑やかで。

こちらを見ない横顔を眺める。それを与えてくれたのはこの人だった。そしてそれらはたぶん、伊勢崎が表の世界に戻ったとしても、いつでもそこにあり続けるのだ。

補佐としての自分を手放しても、きっと家族でいてくれるつもりだった。それは分かっている。だが、一方的に受け取るだけだなんて、そんなのはあり得ない。

舞桜を助けてくれたことに感謝している。それは本当だ。けれど、恩を返したいという気持ちだけでそばにいる訳じゃない。俺を幸せにしてくれたこの人を、俺だって幸せにしたいからだ。

自分だけではなく、皆で幸せになりたい。そんな甘いことを考えるようになったのは、どこかの誰かの影響だろうか。

「らしくないですねえ、先輩」

いつだって晴海を振り回すくせに、こんな時ばかり遠慮がちで。

風が晴海の額を撫でていく。同じ風が賢吾の髪を靡かせていくのを横目に空を見上げた。

「本当に、いいんだな？」

言葉を欲しがるなんて、まるで子供みたいじゃないか。

恋や愛とは違う。舞桜に向ける、全てを差し出しても足りないような感情とはまるで違う。

けれど確かに、晴海にとって賢吾は特別である。

「もうちょっと恰好よく決めてもらえません？」

「……俺にそんなもんを求めるな」

弱り切った顔は、高校生の頃、佐知と喧嘩した後などによく見た表情だ。懐かしいな、と過去を思い出しながら、晴海は雲一つない青空を眺めながら答えた。

「どこまでもお付き合いしますよ、若」

「……そうか」

「そうです」

年月を重ねて、関係が変化しても変わらないものがある。

あなたと佐知さんにはこれからもずっと、俺が必要ですからね。

「俺を捨てようなんて、百年早いんですよ」

隣の賢吾が、小さく笑う気配がした。

「盗聴器の件もありますし、まだまだこれから大変なのに、俺なしでどうにかなると思われるのは心外ですね」

「お前が盗聴器をつけられるとはな」

「警戒はしていたつもりなのに、どのタイミングでつけられたか分かりませんでした」

栄の行動は一挙手一投足見逃さないようにしていたから、栄本人につけられた訳ではないはずだが、それ以外を考えても心当たりがまるでない。

「一人だけ可能性がある者がいたんですが、調べても後ろ暗いところは何も出てきませんでした。栄さんとの関係も深くなく、職場も生活も何もかも、驚くほどクリーンで」

イタリアンの店に舞桜と佐知と一緒にいた男を一応調べてみたが、金に困っている訳でもなく、栄と頻繁に連絡を取っている様子もなく、怪しい行動も取っていなかった。

「お綺麗すぎるのも逆に怪しい。お前が引っかかったなら、それなりに理由があるんだろう。

引き続き、注意しておけよ」

「はい」

「何にせよ、お前を引き抜きたいだけにしては、盗聴器はやりすぎだ。栄を唆したやつがいるな」

「敵が多すぎて、絞るのが大変そうですね」

「いや、誰の差し金かは分かった」

「昔泣かせた女か何かですか？」

「ここまで鮮やかに証拠を残さず悪さするやつは、俺の知る限り一人しかいねえ」

賢吾の口元が引き上がる。だが晴海には、それがどういった感情ゆえなのか測りかねた。それほどに複雑な表情だった。ここにいたのが佐知だったら、読み取ることができただろうか。

「やっぱり、あいつか」

「それは吉報ですか？」

「どうだろうな」

今度のははっきりと分かった。苦笑だ。

「伊勢崎」

「何でしょう」

「調べて欲しいことがある」

「はい」

あなたの望むことなら、何なりと。

◆◆◆◆◆

「それで？　伊勢崎くんとは無事仲直りした、と」

「別に喧嘩してた訳じゃねえし」

「まあ、喧嘩といってもただの痴話喧嘩だった訳だけど」

「気持ち悪ぃこと言うなよ、何が痴話喧嘩だ」

賢吾が手酌で酒をぐいっと呷る。

史が眠った後の二人だけの時間。すでに風呂は済み、賢吾は浴衣で佐知はパジャマ姿で、居間でのんびり晩酌を楽しむ二人の話題は、もちろん伊勢崎についてである。

「そういえば、これを機に伊勢崎の労働環境を改善してやれよ？　こき使うのもほどほどにしないと」

「それなんだが、俺は常々、どうして俺ばかり責められるのか分からねえ」

「あれだけ伊勢崎のことをこき使っておいて、何を言ってるんだよ」

「仕事が忙しい理由の半分が、あいつのせいでもか？」

「は？」

「俺はそもそも、仕事を減らしてえんだ。それなのにあいつが、次から次へと仕事を持ってくるから忙しくなる。俺が忙しくなるんだから、あいつも忙しくなるのが当然だろ？」

「え？　ちょっと待って、あいつが忙しくしてるのか？」

「あいつは取れる仕事は全部取るタイプだからな」

伊勢崎、それはちょっと話が違うぞ。自分で忙しくしてたなら、それは自業自得じゃないのか？

「けど、あいつだって普段から休みを寄越せって言ってるだろ？」

「あいつの言い分は、俺が今よりもっと働けば自分が休めるってことだが、おかしくないか？　仕事を増やしてるのはあいつだぞ？　俺はやめろと何度も言ってるのに、あいつがどんどん増やしてんだぞ？　それなのに俺に休みを返上して今よりもっと働けって？　あいつは鬼か」

なるほど、賢吾が伊勢崎をやたらこき使っているように見えたのは、伊勢崎が仕事を増やすせい――

「いや、ちょっと待て。お前、伊勢崎に結構無茶言ってることあるよな？」

何十年前に質屋に売られた指輪を捜せ、とか。

「あいつにできることしか頼んでねえだろ」

「やっぱりお前も同罪だよ。お前らは同類、どっちも反省しろ」

どっちもお互いの能力を信じているから無茶を言えるってことですか、そうですか、ふーん。

「何だよ、何で膨れてんだよ」

「別に」

佐知は頬を膨らませ、つんとそっぽを向く。

「そんなに拗ねるなよ、可愛いから」

「可愛いより恰好よくなりたいの、俺は」

そんなの褒め言葉として受け取りませーん、と舌を出せば、「それのどこが恰好いいんだよ」と笑われた。

「まあでも、腹は立つけど許してやる」

「だから、何に不貞腐れてんだよ」

「別に、お前と伊勢崎が分かり合ってるからって不貞腐れることじゃないなって」

「なるほど、嫉妬か」

「うるさい。そういうことが言いたいんじゃなくて、お前さ、前に自分のことを冷たいって言っただろ？」

椿が犬飼の弟の子供であるあかりを連れて東雲組にやってきて騒動になった時のことだ。その場にいた佐知や史の命を最優先してあかりを見捨てようとした自分のことを、賢吾はそう言った。

「……伊勢崎のことを追い出そうとした俺は、やっぱり冷たいか？」

「そんな訳ないだろ。そうじゃなくて、あの時、お前は俺以外がどうなってもいいって言ってただろ？」

『他人がどうなろうが興味がねえ。それは昔からで、目の前で他人がどうなったところで、俺にとっては蟻が踏みつぶされるのと大差ねえんだ。それが普通じゃねえってのは自分でもちゃんと分かってる』

佐知に恥じない自分でいるために他人を助けるだけで、実際の自分は冷たいのだと、あの時賢吾はそう主張して、佐知はもちろんそれを否定した。

『賢吾は冷たくない。ただ、他の何よりも俺のことが好きすぎるだけなんだ』

最初はそうでも、今の賢吾はそうじゃない。優先順位があるだけで、ただ冷たい人間だった訳じゃない、と。

「自分にとって最優先なのは俺で、俺ならどうするかって考えるって言ってた」

「まあ、そうだな」

「それなのにお前、俺が伊勢崎を辞めさせたくないって言ってるのを無視したよな」

「それは悪かったと――」

「そうじゃなくて」

賢吾が謝りかけたのを遮って、佐知はぴんと指で賢吾の鼻の頭を弾いた。

「今回は、別に俺が危険だった訳じゃない。だけど賢吾は、伊勢崎のためにこうするべきだと思って、俺の意見を無視した訳だろ？　それって愛じゃん」

途端に賢吾はとんでもなくまずいものを口に入れられたみたいな顔をした。

「愛な訳ねえだろ」

「いや、愛だね」

「愛してるのはお前と史だけだ」

「その愛とは別の愛」

「愛にそんな色々ある訳ねえだろ」

「あるんだってば」

厳密に言えば、佐知にとっては賢吾と史に対する愛だって微妙に違う。父に対する愛も、吾郎や京香や双子達に対する愛も、組員達に対する愛も。

佐知がそう説明すると、賢吾は犬が唸る時みたいに鼻に皺を寄せた。

「おい、お前の愛はそんなに振り撒かれてんのか？」

「俺だけじゃないよ、お前だって振り撒いてるってことが今回証明されたってことが言いたいの、俺は」

賢吾はいつだって優しくて思いやりがあるのに、なかなかそれを自分で認めようとはしない。何かと言えば、お前ならこうすると思っただとかお前に恥じないためにだとか、よく分からない言い訳をするが、今回はもう、言い逃れのしようもなく、賢吾自身が伊勢崎のためを思ってやったことだ。

「まあ、伊勢崎からしてみれば大きなお世話だった訳だけど」

「…………」

「認めろよ、賢吾。お前は優しい男だって」

「だとしたら、それもお前のお陰だ」

「お前って、ほんとに素直じゃないな！」

賢吾の頭をくしゃくしゃっと両手で撫でると、賢吾はされるがままで「お前が俺を好きなら何でもいい」と呟いた。

「まったくお前は……欲がなさすぎるなあ」

「お前にずっと好きでいて欲しいっていうのは、俺にとっては一番の欲なんだが」

「そんなの、ずっと好きに決まってるんだから気にする必要もないんだよ」

「ずっとか」

賢吾が嬉しそうに口元を緩めるのを見て、佐知は今更ながら自分が言ってしまったことがかなり恥ずかしい台詞であることに気づく。

「待て、ちょっとストップ。今のなし」

「駄目だ。しっかり聞いたからな」

こんなバカップルみたいなことを言うつもりはなかったのにと一瞬後悔したが、あんまりにも賢吾が嬉しそうにするので、何だかちょっと腹が立ってきた。

「こんな言葉ぐらいで嬉しそうにするなよ。まるで俺が、普段は甘い言葉の一つも言えない男みたいだろうが」

「お前からの甘い言葉は、どれだけ言われても新鮮に喜べるから心配するな」

これだから賢吾は、俺のことを好きすぎて困る。

恥ずかしさで八つ当たりした佐知が鼻をぎゅっと摘まんでも、賢吾は嬉しそうにするだけで、何だか恥ずかしがるのも馬鹿馬鹿しくなって、賢吾の肩にすりっと頭を擦り寄せて甘えながらふと思い出した。

「そういえば、あの後医院に戻って舞桜に話したらびっくりしてたよ。舞桜も全然知らなかったってさ。あいつ、ああいうところは徹底してるよな」

「まあ、ずっと盗聴器をつけてたからな」

「お前、気づいてたのか？」

「変だなとは思ってたが、どういう状況であれ、あいつなら上手くやるからな」

「何だそれ、通じ合ってますみたいな空気出すなよ、妬くぞ」

「はは、存分に妬いてくれよ」

「喜ぶなよ、馬鹿」

殴るぞ、と言いながら賢吾の顎にパンチするふりをすると、手首を掴まれた。

「妬いてるのはお互い様だからな」

賢吾の手が、佐知の手を開く。

「バレてたか」

「当たり前だ」

賢吾の指が撫でたのは、佐知の手のひらに残る爪の痕だ。拳を握りしめすぎたせいでできたもので、血こそ出ていないがくっきりと痕が残っていた。

「伊勢崎のために怪我しやがって」

「お前のためでもある」

「嘘吐け」

「嘘じゃない。表の世界で生きるのが伊勢崎のためだって、お前がそう思ってたのが正しいって、そう思ったんだよ」

「伊勢崎には馬鹿って言われたけどな」

佐知の手のひらを気にする賢吾の指を握り、胸に凭れかかる。すぐに賢吾の腕が佐知を抱き寄せ、楽な姿勢になるように補佐してくれた。

「今日、小学校に謝りに行った時に立花先生に言われたんだ。賢吾なら来ないだろうって」

「……ああ。立花から連絡があった。お前がショックを受けてたみたいだってな」

「ショックっていうか、自分が情けなくてさ。俺はいつでも、お前の半分も状況を理解できない。伊勢崎がいなくなるのは嫌だなんて、幼稚なことしか考えられてなかったことだってそうだ。お前はちゃんと、伊勢崎だけじゃなくて舞桜達のことも考えてたんだろ？」

「そこまでお人好しじゃねぇよ」

「嘘ばっかり」

賢吾は伊勢崎自身が望むならいつでも手放す気でいた。それでも積極的に追い出そうとしていなかったのは、賢吾にとって伊勢崎の存在がそれだけ大きかったからだ。そうでなかったらとっくに蹴り出していたに違いない。

「お前って、ほんとに素直じゃないよな」

「俺はいつだって素直だろうが」

「舞桜達のことを思うなら、伊勢崎は表の世界に戻るべきなんだ」

「……そうだな」

「そう言ったら、舞桜にめちゃくちゃ怒られた」

「は？」

「本当に俺達のことを思うなら、ずっとそばにいてくださいって」

普段はあんなに優しい舞桜が、見たこともないぐらいに目を吊り上げて怒鳴ったのだ。

『他のどこに、こんなに俺達を大事にしてくれる場所があるんですか！』

『お、落ち着けって舞桜、別に伊勢崎が辞めたって家族なのは変わらないって思ってたんだって！』

『そういう問題じゃありません！　佐知さん達が、離れることが俺達の幸せになる、なんて勘違いしたことが問題なんです！』

あれほど佐知に対して怒った舞桜を見たのは、初めてだった。

「見たことないぐらい怒って、それでもって泣かれた」

くしゃっと顔を歪めてぼろぼろ涙を零して泣いた舞桜を思い出し、「あーあ」と呟く。

「あれ、絶対に瞼の腫れが引いてないと思う。今頃、伊勢崎にバレてる頃だな」

舞桜を泣かせたと知れたら、ぶん殴られるかもしれない。

「心配するな。今頃はあいつも舞桜に怒られてる頃だろ」

「まあ、そうか。あいつが隠し事なんかするから、舞桜はもうちょっとで口髭を生やすところだったもんな」

「口髭？」

事の詳細を話すと、賢吾が笑う振動が伝わってきた。

「そりゃあ、見てみたかったな」

「なあ、賢吾」

「何だ？」

「大好き」

「何だよ、急に」

「生まれた時からの付き合いで、俺はお前のいない人生なんて知らないのに、それでもまだまだ好きになるのすごくないか？」

「惚れ直したってことか？」

「まあ、そんなとこ」

賢吾の首筋に凭れかかり、ぺろりと顎先を舐める。夜も遅い時間だから、伸びた髭のざらりとした感触が舌に触れた。佐知は全然髭が伸びないから、ちょっと羨ましい。

賢吾の顔がこちらに向いて、唇を食まれた。そのままちゅくりと舌を絡ませ、賢吾を押し倒す。

「賢吾、ステイ」

賢吾の身体を跨ぎ、佐知はパジャマの上着を脱いで放り捨てた。

「おい、何か食われそうだな」

「お前が愛おしいから、食べちゃいたくてさ」

浴衣の帯に手をかけ、しゅるりと解く。いつ鍛えているのか知らないが、均整の取れた身体が露わになると、下着をずらしてすでに形を変え始めたそこに指で触れた。

「お前はいつも自分の気持ちは後回しでさ。今日はそんなお前を、俺が誰より大事に愛してやりたい」

「お手柔らかに頼む」

苦笑混じりの声を聞きながら、ぴんと張った先端を口に含む。じゅるりと音を立てて奥まで迎え入れれば、賢吾が甘い息を吐くのが聞こえた。

パジャマのズボンと下着をずらし、濡らした指を自身の奥に突き入れて中を解しながら、賢吾のものを口で可愛がる。

賢吾はいつだって佐知に全てを許す。たぶんこのまま佐知が賢吾を抱いても、抵抗しないはずだ。そういう賢吾だから、佐知は安心して身を任せられる。……こうして大胆に振る舞うことも。

「佐知、……っ」

口の中のものがひくりと震え、賢吾が懇願する声を出した。少しぐらい意地悪してやりたい気持ちになったが、今日は賢吾を徹底的に甘やかすと決めている。賢吾に望まれるままに口を離せば、賢吾の太い指に口元を拭われた。

「エロい顔しやがって」

「エロい気分だからな」

足元に纏わりついた衣類を脱ぎ捨て、膝立ちで賢吾のものを後ろ手に掴み、佐知は腿を震わせながらゆっくりと腰を下ろしていく。

「……ぁ……ふ、ぅ……」

最後まで収めきって一息吐くと、賢吾の指にぴんっと胸の尖りを弾かれ、反射のように身体がびくりと震えた。

「ぁ、この、馬鹿……っ」

「今にも取れそうなぐらい熟れてたから、つい」

「と、取れたり、なんか……あ、ぁ、待て、まだ、駄目……っ」

賢吾の両手が佐知の胸を摑み、胸の尖りをくりくりと弄ってくる。快楽に慣れた身体が甘く痺れて、賢吾を跨ぐ腿に力が籠もった。

「お、俺が、賢吾を、あ、あ、食べる、のに……ぁ……っ」

「俺も食べてえんだけど」

「だ、駄目だって……あ、待って、ま……ひぁ……っ」

自然と腰が揺れる。賢吾は動いていないのに中の善いところが当たって、無意識にもっとと締めつけてしまう。

「……っ、佐知」

佐知を見上げる目が、欲しいと訴えてくる。

欲しくてたまらないくせに、佐知がいいよと言わなければ賢吾は我慢すると知っていた。そういう風に大事にされていることが佐知に自信を与えてくれるが、人間というのは勝手なもので、それを歯痒く思うこともある。

賢吾は、人というものを離れていく前提で考えている。

伊勢崎にしても、史にしても、いずれは自分のもとからいなくなると、そう考えている。おそらく組員達にしてもそうだろう。

そんな賢吾が唯一手を伸ばして離せないもの。それが佐知だ。

離したくない、離せない。そう思っているからこそ余計に、賢吾は佐知の全てを受け入れ、許す。

でもそうじゃない。何があってもそばにいるんだと、これまでも何度も伝えてきたつもりだし、賢吾も少しずつ理解はしてくれているはずだ。

だけど。

「そばにいるよ」

誓いを立てるように、賢吾の唇にキスをする。賢吾は驚いたように目を見開いて、それから「知ってる」と答えた。

そう。知っている。ずっとそばにいることを、お互いが。

知っているけれど、まだ賢吾はどこかで怯えている。……佐知がいなくなることに。

「長い、道のりだなあ」

「何が？」

「いや、こっちの話」

いつか、賢吾が心から安心してくれる日が来るといい。心配性な賢吾だから、そんな日はなかなか来ないのかもしれないけれど。

ゆっくりと腰を揺らす。激しくしてただ快楽を追う日もあるが、今日はこうしてゆっくりと互いがそばにいることを感じていたい。

「ふ……ぁ……賢吾の、中で……ひくひく、ぁっ……してる」

「お前の中だって、ひくついてる、だろうが」

「ふはっ……そう、だな」

賢吾が愛おしい。気持ちいいからではなくて、賢吾をもっとそばに感じたくて肌を重ねたくなる。お互いの熱を感じて、鼓動を感じて、誰よりもそばに。

「ぁ……ひら、く……」

いつもは賢吾に快感を与えられ、おかしくなって開くそこが、賢吾を迎え入れるように蠢くのを感じる。奥の奥。賢吾しか知らない場所。これからだって、賢吾だけの場所。

「く……っ」

かぽっと嵌り込むように、自分の中が埋められた気がした。苦しいぐらいに賢吾を感じて、身動きが取れない。

「あ……ぁ……あぁ……」

断続的に吐息(といき)が漏(も)れ、開いたままになった唇の端(はし)から涎(よだれ)が零れ落ちていく。それを拭(ふ)き取る余裕(よゆう)もなく、顎(あご)を反らして快楽に身悶(みもだ)えた。

「佐知……佐知……」

切なく佐知を呼ぶ声がして、互いの存在を強く感じながら果てる。

「……っ、ぁ、あ……達(い)って、る……」

自分から出たとろとろとしたものが、賢吾の腹を濡らしていく。自分の奥も同時に濡れて、それが齎(もたら)す快感に背を震わせたら、賢吾がゆったりと下から突き上げてきた。

「まだ、する……？」

「今度は俺に、愛させてくれ」

それはもちろん、願ってもないことだ。

どちらか一方ではなく、愛し合っているのだから。


「ほら、伊勢崎こっちこっち」

「いい加減に説明してくださいよ、佐知さん。ようやく休日をくれたと思ったら、朝から舞桜はいないし佐知さんは押しかけてくるし。くだらないことだったら許しませんからね」

「いいからいいから」

舞桜との愛の巣（嘘だと思われるかもしれないが、伊勢崎本人がそう言っていた）からほとんど無理やりに伊勢崎を連れ出してきた佐知は、説明しろと騒ぐ伊勢崎の背中を押しながら本宅の廊下を進む。

休日なので、伊勢崎にしては珍しくラフな恰好である。寝起きを強襲して急かしたのに、カットソーとテーパードパンツというシンプルさでもお洒落に見えるのがいけ好かない。佐知とて似たような恰好のはずなのに、この差は何なのか。

「押さなくても、ちゃんと歩けます。何をそんなに急いでいるのか知りませんが、そういうことをしていると転ぶんで――」

「うわっ！」

伊勢崎がこちらを振り返った拍子に肩透かしを食らって前のめりになった佐知を、大きな腕がキャッチする。

「ほら、言わんこっちゃない」

「今のはお前のせいだろ？」

「さっさと用件を言わないからですよ」

「言わなくても、行けば分かるんだってば！」

「だからどこに――」

本宅の廊下の曲がり角を曲がる。それと同時にいくつかの破裂音が聞こえてきて。

パンッ！　パンッ！

その瞬間の伊勢崎の動きときたら、とんでもなく早かった。

「佐知さん！」

「うおっ！」

抱えていた佐知を回転させて覆い被さるまで、ほんの数秒。

見上げれば真剣な顔の伊勢崎の姿があって、その上から降り注いでくる紙吹雪もあって。

「……？」

訝しげな顔で振り返った伊勢崎が見たものは、中庭で伊勢崎を待ち受けていた人達の姿だった。

「嫌だねえ、伊勢崎。クラッカーをチャカの音と聞き間違えるだなんて、極道失格だよ」

にやにやする京香の手にはクラッカー。もちろん京香一人ではなく、そこにいる全員がクラッカーを手にしている。

「……ちっ」

伊勢崎の小さな舌打ちを聞き逃さず、佐知もにやりと笑った。

「お前……やっぱり俺のことが大好きだな」

とっさに俺のことを守っちゃうぐらい。

「ただの条件反射ですよ」

膝立ちで身を起こし、伊勢崎は佐知に手を差し伸べる。怒っていても助け起こそうとする辺りが優しい。

「これは何事ですか」

「何って、伊勢崎への嫌がらせ」

「は？」

「俺達をあんなに心配させてほくそ笑んでたお前への、俺達からの復讐」

覚悟しろよ？　佐知が笑ってそう言うと、待ちかねたように史と碧斗がやってきて、「はいどうぞ！」と史が『本日の主役！』と書かれたタスキを伊勢崎にかけ、「こっちはおれたちのてづくりだぞ！」と碧斗がきんぴかの王冠を頭に載せた。

「補佐ー！　お帰りなさーい！」

「補佐、愛してるー！」

「俺達の補佐ー！」

組員達が指笛を吹いたりしながら騒げば、伊勢崎は「うるさい！」と怒鳴ったが、組員達は慣れたもので、まったく懲りる様子もなく「俺達からの愛を受け取ってくださーい！」と寄ってきて伊勢崎をもみくちゃにする。

「この……っ、お前らっ、調子に乗るのもいい加減にしろ！」

「いい加減にするのは補佐のほうですよ！　俺達めちゃくちゃ心配したのに！」

「そうですよ！　こうなったら三日三晩お祭り騒ぎですよ！」

「どうしてそうなるんだ！」

組員達に抱き着かれて髪をぐしゃぐしゃにしながら叫ぶ伊勢崎の必死な表情に笑い声を上げたのは、何と舞桜だった。

「ははは、晴海さん、皆に愛されてますねえ」

「舞桜！　笑ってないで助けてくれ！」

「無理ですねえ」

舞桜はにこにこ笑ってそう答えた。こう見えて、舞桜も結構怒っている。ざまあみろ。

「言っておきますが、佐知さん達にもまだ怒ってますからね？」

「舞桜、お願いだから心を読まないで」

最近、ちょっと伊勢崎に似てきてないか？　やめてくれよ、伊勢崎は一家に一人でいいんだよ。

「これに懲りたら、二度と俺達のことを諦めようとしないでくださいね？」

「ごめんなさい。でも、碧斗やキヌさんのことを考えちゃって」

「碧斗とキヌさんには、一緒に暮らすことになった時に晴海さんがちゃんと確認しました」

「え？」

「二人共、それでも晴海さんと一緒にいるそうです。もちろん、俺も」

俺達がいいんだから、何か問題あります？

　そうにっこり笑われてしまえば、佐知が言えることは何もない。

「伊勢崎のやつ、愛されやがって。皆の愛に溺れてしまえばいいんだ」

「まったくですねえ」

「よし、じゃあ肉を焼くか」

「はい」

　中庭にはバーベキューの準備が整っていた。すでに火を熾して準備をしていた賢吾に近づくと、組員にもみくちゃにされている伊勢崎の姿を見て笑っていた。

「あはは、ざまあみろだな」

「さ、今のうちにどんどん焼いていこう。俺、一番いいとこ食べたい」

「お、いいな。おい舞桜、そこの一番いいのから焼いて、さっさと食っちまおうぜ」

「ふふ、俺もご相伴に与っちゃおう」

　皆が伊勢崎に気を取られているうちに、三人でこそこそしていると、「あー！」と叫んだ史がこちらに向かって走ってくる。

「ぱぱたち、じぶんだけたべようとしてるー！」

「ずるいぞ！　おれたちだってたべたい！」

　それを聞きつけた組員達も走ってきて、あっという間に佐知達の周りが賑やかになった。

「若！　俺、鶏肉が食いたいっす！」

「俺はナスがいいです！」

「自分で焼け！」

わらわらと寄ってきた組員達にトングを押しつけ、賢吾も佐知も押し出されるようにして輪の外に出る。

「まったく……」

「ここはいつも賑やかだなあ」

「言っとくが、お前らが来るまではこんなことはなかったんだからな？」

「え？　俺？」

「お前と史が、何かっていうとやれパーティーだバーベキューだって言うからだろうが」

「ははは、そりゃあ賢吾、俺達に感謝しないとなあ」

「……まあな」

「お、今日は素直だな」

「俺はいつだって素直だ」

「嘘ばっかり」

佐知がからかうと、同じように輪から押し出された舞桜が悪戯っぽく言った。

「賢吾さんは、言わないだけでわりと表情に出ますもんね」

「舞桜、お前はどっちの味方なんだよ」

「俺は、お二人の味方です」

三人で和気あいあいと話しているところへ、組員達から解放されてよろよろになった伊勢崎がやってくる。

髪はぐしゃぐしゃ、カットソーまで何だかぐしゃぐしゃで、王冠を首から下げてタスキをかけているのが伊勢崎らしくなくてものすごくいい。

「今のお前、最高に可愛いぞ。後で写真を撮ってやろうな」

佐知がぐっと親指を立てると、地を這うような声がした。

「よくもやってくれましたね」

「お前のありがたみを思い知ったから、お礼に俺達の愛を思い知らせてやっただけだろ？」

「根に持っている訳ですか」

「まさかまさか、そんな。ちーっとも、これっぽっちも、根になんか持ってるはずがないよなあ、舞桜」

「ねー？」

佐知と舞桜は、伊勢崎からつーんと顔を背ける。

「俺ばかり責められるのはどうかと思いますけどね」

「何だよ、開き直る気か？」

「俺のことを追い出そうとしてた人がいるじゃないですか」

伊勢崎のじとりとした視線が賢吾に向いた。

「若にとっての俺はいつでも手放せる存在だって、嫌というほど思い知らされましたからね」

「まあ、それは怒っていいよな」

「そうです、怒っていいですよね」

「おい佐知、お前は俺の味方をしろよ」

賢吾に羽交(はが)い締(じ)めにされるが、力が入っていないから痛くない。

「だってさ、怒る気持ちは分かるし」

じゃれつかれるまま賢吾を背中に引っ付けて、佐知はぷらぷらと身体(からだ)を動かした。

伊勢崎のことを考えて手放す気でいた賢吾の気持ちはもちろん分かるが、怒る伊勢崎の気持ちも分かる。賢吾がもし佐知を手放そうとしたら、それがどんなに佐知のためだと言われても、ぶん殴(なぐ)るに違(ちが)いないから。

「何だかんだ言ったところで、若にとっての俺は替(か)えがきく存在だということですからねえ」

「何だ伊勢崎、拗(す)ねてんのか？」

背中の重みが無くなる。佐知から離(はな)れた賢吾が、伊勢崎と向き合ったからだ。

「どうでしょうねえ」

今度は伊勢崎がつんと顔を背けて、それを見た賢吾が「分かった」と表情を引き締めた。

「一度しか言わねえから、よく聞けよ」

「何ですか？」

何だか嫌な予感がする。佐知はとっさに止めようとしたが、その前に賢吾が言葉を発してしまった。

「俺にはお前が必要だ」

おい、ちょっと待て。

「まあ、当然でしょう」

賢吾の言葉を受け止めた伊勢崎が満足そうな顔をするから、佐知はどかんと怒りを爆発させた。

「浮気だ！　いや、浮気どころじゃない！　そんなのプロポーズと同じだろうが！」

「はあ？」

「この浮気者！　いや、結婚詐欺師！」

俺にはお前が必要だ？　どうしてそんな言葉を使っちゃうかな!?　もっと他に言いようがあっただろ！

「おい待て佐知！」

「いいや、許さないね！　そもそも何だよ！　今回の俺、結局お前らの痴話喧嘩に巻き込まれただけなんですけど！」

「痴話喧嘩という言い方はやめてもらっていいですか？」

「これが痴話喧嘩じゃなくて何なんだよ！　結局のところ、あなたに俺が必要かどうか確かめたい、お前の幸せのためなら俺は身を引く、みたいな、相思相愛なお前らの壮大な痴話喧嘩だろうが！」

挙句の果てにプロポーズってどういうことだ！　ここに！　俺が！　ちゃんといるのに！

「確かに。言われてみたらそうですよね。俺と佐知さんって、今回は完全に蚊帳の外でしたよね」

「なあ！　舞桜ももっと言ってやれよ！　散々やきもきさせて心配させて、舞桜は髭を伸ばすことまで考えたのに！」

「待ってください、髭を伸ばすって何の話ですか？」

「教えてやんないよ、ばーか！」

「子供か」

伊勢崎が呆れたような声で呟くから、佐知は「もう我慢がならないぞ！」と伊勢崎を指差した。

「そもそもお前、今回の件で一回もちゃんと謝ってないだろ！　このままなあなあにするつもりだって分かってんだぞ！」

そりゃあ勝手に伊勢崎の将来を考えてあれこれ決めつけて言った佐知も悪かったが、伊勢崎のほうは全部お見通しで楽しんでいたのだ。

「何ですか、佐知さんは私の土下座をご所望で？」

「べ、別に土下座なんかいらないけど、謝罪ぐらいはあってしかるべきだろ！」

別に謝って欲しかった訳じゃないのに、勢いというものは怖いもので、どんどん引っ込みがつかなくなっていく。

「分かりました。佐知さんがどうしてもとおっしゃるなら、私もやぶさかではありません」

「え？」

まさか伊勢崎が素直に承諾するなんて思わなかった佐知がきょとんとしたら、伊勢崎は何故か「史坊ちゃん！」と史を呼んだ。

「なぁにー？　いせざきさん、よんだ？」

「ちょっと耳を貸してください」

「うん、いいよ。……え？　うん、うん……わかった！」

こそこそと内緒話をした後、伊勢崎の隣に史が立つ。

「ぼくがついてるから、だいじょうぶだからね」

「ありがとうございます」

笑顔の史に伊勢崎が感謝を伝えれば、史は誇らしげに鼻を膨らませた。

「何だよ、何が始まるんだ？」

謝罪の付き添いを史に頼んだのか？　何で？

佐知だけでなく、賢吾も舞桜も、それから吾郎や京香や組員達も気になったようで、皆がぞろぞろとこちらに近づいてくる。

伊勢崎はその全員に語り掛けるように、一人一人の顔を見ながら言い始めた。

「色々事情があったとはいえ、今回は皆さんにご心配をかけました。こうして皆さんが揃うこともあまりないので、この場で伝えておきたいことがあります」

全員が固唾を呑んで、その瞬間を見守る。

あの伊勢崎が謝罪するなんて、明日は槍でも降るかもしれない。止めるべきだろうか。いや、だが見たい。

そして、次の瞬間。

「みなさん、ごめんなさい!!」

大声で謝罪したのは、何と史だった。

「何で!?」

その場にいたほとんどの声が揃った。

違うだろ、そこは史が謝るところじゃないだろ。何でそうなったの？

「伊勢崎！　お前、史に何をやらせてるんだよ！」

一体どういうことだと憤る佐知を他所に、伊勢崎が膝をついて史に感謝の言葉を述べる。

「いやあ、史坊ちゃん、お陰で助かりました。ほらこれ、一枚お返ししておきますね」

「うん、まいどあり、まいどあり！」

伊勢崎が史に返していたもの。それは以前史が伊勢崎に渡していた、『なんでもいうことをきくけん』だった。

「お前、いくら何でもこれはないだろ！」

「史坊ちゃんが、嫌なことを代わってくれると言っていたので」

確かに言っていた。言っていたけど。

「子供に代わりに謝らせて、恥ずかしくないのか!?」

「何を言っているんですか、佐知さん。俺の気持ちを、史坊ちゃんに代弁してもらっただけです。だからこれは、俺の心からの謝罪です」

「詭弁！　詭弁がひどい！」

だが、それでこそ伊勢崎という気もしてしまうから困る。

「散々人のことを大人じゃないみたいなこと言ってたくせに、自分が一番おとなげねえな」

「佐知さんと若と一緒にいるうちに、伝染ってきたのかもしれませんね」

「人のせいにすんじゃねえよ」

まったく、と呆れ顔をした賢吾と佐知とは違い、組員達はあははと笑い出した。

「それでこそ補佐です！」

「俺達、補佐に一生ついていきます！」

「伊勢崎が謝ろうとするなんておかしいと思ったんだよ、あたしは」

「よ、伊勢崎くん！　さすが性悪！」

聞こえてきた声に、伊勢崎が露骨に嫌な顔をして「ところで」と言った。

「どうしてこの人がここにいるんですか？」

伊勢崎が指を差した先にいたのは……何と犬飼である。

「はは、何なの伊勢崎くんてば、今来たところなのにすぐ気づいちゃうなんて、よっぽど僕のことが大好きなんだねえ」

「え、犬飼さん!?　どうしてここにいるんですか？」

佐知が慌てて駆け寄ると、犬飼は大袈裟に両手を広げて「じゃじゃーん」と笑った。

「今日伊勢崎くんにサプライズするって史くんに聞いたから、ほえ面を眺めてやろうと思って来てあげたんだよ」

「そうですか、もう充分に見たので満足したでしょう。どうぞお帰りください」

「はは、嫌だなあ、伊勢崎くんたら照れちゃって。そもそも、極道から足を洗って表の世界に行くことを考えるなら、真っ先に僕に声をかけてくれればよかったのに。何だったっけ？　チタンだかタイタンだか知らないけど、そんなちっぽけなところより、僕のほうがよっぽど伊勢崎くんを有効に使ってあげたけど？」

　タイタングループをちっぽけ呼ばわりとは。

　だがしかし、佐知は犬飼が財閥系の御曹司であることぐらいしか知らないが、考えてみればそうだ。伊勢崎が本気で表の世界に戻りたいと願うなら、犬飼のところに行くという選択肢もあったのだと、佐知は今更気づいた。

「ははは、俺が犬飼さんのお世話になる時は、この世が滅ぶ時ですね」

「僕と一緒に世界の破滅を止めようって？　期待が大きすぎて困るなあ」

「はは、まさか。犬飼さんとの共同作業は人類には荷が重すぎますよ」

「この世に僕と並び立てる才能はないって褒めてくれてるのかな？」

「犬飼さんほどポジティブだと、人生楽しそうでいいですねえ」

「伊勢崎くんほど意地が悪いと、人生大変そうだよねえ」

　二人共ににこにこしているが、絡み合う視線からばちばちと火花が散りそうで怖い。周囲にいた組員達も、何となく二人から距離を取った。

「そんな伊勢崎くんに僕からプレゼントをあげたでしょ？　気に入ってもらえた？」

「プレゼント？　伊勢崎に？」

　そんな話は聞いていない。こんなに犬猿の仲なのにプレゼントを贈るなんて、犬飼にもいいところがあるんだな、なんて思ったことを、数秒後には後悔した。

「そう。史くんに何をしたら伊勢崎くんが楽になるかって聞かれたから、仕事を全部取り上げてやればいいって教えてあげたんだ。ワーカホリックが仕事を取り上げられてどんな顔をするか、見られなかったのが残念だったけど」

「……やっぱりわざとか。殺す」

「わざとなんて言い方は心外だなあ。僕は聞かれた通りに伊勢崎くんが楽になる方法を教えてあげただけでしょ。実際、仕事は楽になったんでしょう？　別に君がいなくたって東雲組は回るって分かったんだから、君にはいいお灸になったんじゃない？」

「………」

「わざと辞める素振りで皆の気を引こうなんて、みっともないにもほどがあるよね」

「ちょっと待ってください。もしかして犬飼さんも、伊勢崎が辞めないって知ってたってことですか？」

賢吾はともかくとして、犬飼は伊勢崎と会話すらしていないはずだ。それなのにどうしてと佐知が驚くと、犬飼はちっちっちっと指を振った。

「辞めるなら、もうとっくの昔に辞めてるでしょ。彼は好きでここにいるの。それが分からないほうが馬鹿だよ」

遠回しにではあるが、お前らは全員馬鹿と言われた気がした。

「辞める気もないのにわざとらしく辞める素振りをするなんて、まあ何かあるとは思ったけど。

でもさあ、椿ちゃんが『話を聞きに行ったほうがええやろか』なんて言うんだよ。どうして椿ちゃんが伊勢崎くんのことなんか心配する訳？　あり得ないよね。だから椿ちゃんを心配させた伊勢崎くんにお灸をすえてやった訳なんだけど」

「だけど？」

「どうしてか椿ちゃんにバレて、ものすごくぷんぷん怒ってさあ。もちろん怒ってる椿ちゃんも可愛いけど、東雲組の皆に謝ってこないなら半径十メートル以内に近づかせないって。だから仕方なく遠路はるばる謝りに来てあげたんだよ。という訳だからごめんね？」

こんなに心のないごめんが世の中にあるだろうか。さっきの伊勢崎も大概だが、こっちもひどい。

「ほら、謝罪も終わったことだし、皆で焼き肉を食べよう。僕、お腹空いちゃった」

犬飼はすっきりした顔で、ぱんぱんと手を叩いてその場を仕切り始める。

「ほら、早く肉を焼いて。君達、補佐がいなくても動けるようになったんでしょ？」

「違いますよ！　補佐のために頑張ってただけです！」

「そうですよ、補佐がいないとまだ全然駄目で――」

「馬鹿じゃないの、君達。頑張ったらできるなら、当然やりなさいよ。伊勢崎くんは君達のお母さんでも雑用でもないんだよ？　できるのにやらないで人に押しつけるのはどうかと僕は思うけど？」

切れ味鋭い犬飼の指摘に、組員達はぐうの音も出ない。すると、それまで黙っていた伊勢崎も、「確かに」と言い出した。

「ここ数日見ていたところ、皆さん随分とご自分でできることがあるようですからね」

「え？　補佐まで何を言ってるんですか、俺達は別に――」

「散々世話を焼かされていたのが嘘のように、雑務が減ったんですよねえ」

なるほど、ちっとも上手くいっていないと思っていた『東雲組はいいところ作戦』は、それなりに効果を発揮していたらしい。

「いや、あれは俺達も必死で――」

「必死でやればできるということだろう？」

「そ、それは……」

「組長と姐さんも、俺に連絡しなくともご自分で雑務をこなせていましたよね？」

「あ、あれはいいところを見せようと思って――」

「こなせていましたよね？」

組長を組長とも思わぬ態度で笑顔の圧をかけてから、伊勢崎は全員に向かって、語尾にハートマークがつきそうなほどご機嫌で言った。

「皆さん、これからもぜひ、その調子で続けてくださいね？」

「……はい」

ほんの一瞬、伊勢崎の立場が弱くなりそうだったのに、もうすでにひっくり返っている。

これだから伊勢崎には敵わない。そんな風に思っていたら、犬飼と伊勢崎がぼそぼそと会話するのが聞こえてきた。

「あらあら、すっかり調子を取り戻しちゃって」

「犬飼さんのお陰ですね」

「援護射撃をしたつもりはなかったんだけどなあ」

「……一度しか言いませんが」

「なぁに？」

「俺の傲慢を指摘してくださって感謝します」

「若は優しいでしょ？　だから何も言わないけど、それに甘えて調子に乗っちゃ駄目だよ？　若を試すようなこと、二度としないように」

「はい」

「信じるに値する男だと思うから、ここまでついてきたんでしょう？　今更若の言葉なんて必要ないはずだ。がっかりさせないでよ、伊勢崎くん」

「……はい」

犬飼は確かに椿に怒られたのだろうが、わざわざやってきたのはこのためだったのかもしれない。賢吾と伊勢崎に絆があるように、犬飼と賢吾の間にも、佐知には分からない絆があるように思う。

以前の佐知ならきっとものすごく嫉妬したけれど、いや今だってやっぱり少しは嫉妬するけれど、そうして賢吾のことを大事に思ってくれる人達がいることを喜ばしくも思った。

「皆、素直じゃないよなあ」

伊勢崎が謝らないのはきっと、謝ったら泣いちゃいそうだからだし、犬飼だってたぶん、賢吾のために来てくれたのかと聞いたら、笑って否定するだろう。

賢吾といい、伊勢崎といい、犬飼といい、うちは素直じゃないやつだらけだ。

二人から離れて、賢吾の隣に立つ。

「まさか犬飼が来るとはな。あいつも暇じゃねえだろうに、よっぽど椿を怒らせたんだろう」

「分かってないなあ、賢吾は」

「は？」

愛されちゃってさ。

こつんと肩をぶつけると、賢吾が「何だよ」と不思議そうにした。

「お前って実は、魔性ってやつかもな」

「はあ？」

言いたいことだけ言って、佐知はうーんと伸びをする。

「さ、肉食べよ！」

「何だよ、魔性って。何でいきなりそんな話になったんだよ、ちゃんと言えよ」

「美味しいお肉をたーべよ！」

「おい！」

何なんだよという賢吾の呼びかけを無視して、今度こそ肉を食べるぞと意気込んで佐知がバーベキューグリルに向かうと、いつの間に近づいてきていたのか、伊勢崎が耳元で囁いた。

「末永く、と言ったでしょう？」

「え？」

「今度こそ忘れないでくださいよ、佐知さん」

伊勢崎は佐知を追い越し、「こうなったら、誰よりいい肉を食べてやりましょう！」と宣言する。「おお！」とそれに続く組員達に追い越されていきながら、佐知は今聞いたばかりの伊勢崎の言葉を反芻した。

『末永く、と言ったでしょう？』

末永く、という言葉に覚えがあった。

『……末永く』

佐知が伊勢崎と賢吾の関係に嫉妬してしまった後、その諸々を乗り越えて言った『これからもよろしく』という言葉に対して伊勢崎が返した言葉だった。

言った。確かに言ってた。

本日の

「あー！　やられたーー!!」

佐知と伊勢崎にとって、あれは約束だ。伊勢崎は約束を破らない。言ったからには守る男なのだ。

伊勢崎は末永く佐知達と一緒にいるつもりだった。忘れていた佐知が悪い。

伊勢崎は、わざわざ自分が言葉にしなくても、あの言葉を信じていれば疑わずにいられたはずだ、と佐知に暗に示しているのだ。

「何だ、また伊勢崎にいじめられたか？」

「そうなんだよ、聞いてくれよ賢吾！」

佐知の訴えを聞いた賢吾が、ははっと声を上げる。

「そりゃあ、佐知が悪いな」

「ああ、もう！　こうなったら肉を食う！　とことん肉を食うぞ！」

俺にも肉を寄越せとハイエナの群れに飛び込む佐知の背中に、賢吾の呟きが届いた。

「末永く、か」

きっと、この光景が末永く続けばいいなとか何とか考えているんだろう。

いずれは、この場所から伊勢崎がいなくなる日が来る。それは伊勢崎だけではなく、佐知だって、賢吾だって、皆そうだ。

ここを巣立つのかもしれないし、命が尽きるのかもしれないし、理由はそれぞれだけど、いつかは必ずその日が来る。

でもだからこそ、皆がここにいる今を大事にしなくてはならない。

「ほら！　賢吾も早く来いよ！」

そういう日々を積み重ねていくのだ。

……これからも末永く。

あとがき

皆様こんにちは、佐倉温です。今回のお話も、最後まで楽しんでいただけましたでしょうか？すでに読み終わってくださっている方はお気づきだと思いますが、今回は賢吾と伊勢崎の関係を表現したタイトルになっております。

いつもは縁の下の力持ち的に活躍してくれる伊勢崎ですが、そんな彼と賢吾の関係がどうなのか、これからどうなっていくのか、その辺りを一度ちゃんと書きたかったので、今回書けてすっきりしました。

佐知と賢吾の高校、大学時代について、二人と思い出を共有できる貴重な存在でもあるのが伊勢崎で、お陰で過去のワンシーンを書くことができたのも楽しかったです。

伊勢崎に興味を持ってくださった方はぜひ、スピンオフである『インテリヤクザは不器用な策略家』もよろしくお願いいたします。本編とはひと味違った彼の姿をお約束します。（突然の宣伝ですみません笑）

今回のお話を担当様に最初に読んでいただいた時、伊勢崎と犬飼のシーンのところで担当様から『犬の品格』という言葉が出てきたのが非情に印象に残っているのですが、主を定めた彼らだからこその会話も楽しんでいただけたら嬉しいです。

賢吾と佐知の関係は揺るぎないものですが、二人だけの関係ではなく、係わっている人達全てが互いに影響し合うのが人生で、彼らに係わる人達も含めて、幸せが広がっていけばいいなあという願いを込めながらお話を書いております。もちろん、この世界に触れてくださっている皆様も含めて、ほんの少しでも幸せな気持ちになれる時間のお供になれたなら幸せです。

極道さんシリーズのコミカライズでもお世話になっている桜城やや先生には、いつも本当に力をいただいております。今回も素敵なイラストを描いてくださってありがとうございます！　見るだけで笑みが浮かぶほど表紙の三人が可愛くて、何度も見てはにやにやしております。眼鏡は誰のでしょうね？（笑）　コミカライズ版の『極道さんはパパで愛妻家』は、現在ボイスコミックも配信されております。二人の掛け合いの間が最高なので、まだの方はぜひ視聴してみてくださいね。

それから、今回も担当様には大変お世話になりました。担当様との会話の中から生まれるシーンが多々あり、本当に感謝しております。いつもありがとうございます。これからもどうぞよろしくお願いいたします！

そして最後に、この本を読んでくださっている皆様。お付き合いくださって、本当にありがとうございます。日々色んなことがあり、楽しいばかりの毎日とはいかないと思いますが、皆様の忙しい日々の中で、この本を読む時間が少しでも楽しい時間を作り出す手助けとなりますように。

それでは、またお会いできることを願っております。

二〇二四年　四月

佐倉　温

KADOKAWA RUBY BUNKO

極道さんは相思相愛なパパで愛妻家

佐倉 温

角川ルビー文庫　24186

2024年6月1日　初版発行

発行者――――山下直久
発　行――――株式会社KADOKAWA
〒102-8177　東京都千代田区富士見2-13-3
電話 0570-002-301（ナビダイヤル）
印刷所――――株式会社暁印刷
製本所――――本間製本株式会社
装幀者――――鈴木洋介

●お問い合わせ
https://www.kadokawa.co.jp/（「お問い合わせ」へお進みください）
※内容によっては、お答えできない場合があります。
※サポートは日本国内のみとさせていただきます。
※Japanese text only

ISBN978-4-04-114988-1　C0193　定価はカバーに表示してあります。